JN172691

つれづれ風物詩

井上青軸

Inoue Seijiku

ふらんす堂

つれづれ風物詩／目次

I

Ⅱ　野鳥編

つれづれ風物詩

I

亥の子

十月三十一日は、仮装祭「ハロウィン」の日である。西欧発祥で、アメリカに渡って盛んになった行事だが、日本にも伝来し、ここ十数年ですっかり定着した。東京ディズニーランドでイベントが始まったのがきっかけといわれ、各地で仮装パレードなどが行われるようになった。ハロウィン商戦は一カ月以上前から始まり、菓子や仮装グッズが売れる。そこここにイルミネーションが飾られ、十月の街はカボチャだらけになる。ところで、この外来のハロウィンとは別に「日本版ハロウィン」とも言うべき行事があるのをご存じだろうか。

「亥の子」という子ども祭がそれである。中国伝来といわれ、西日本を中心に広く行われてきた。その年の収穫を祝い、翌年の豊作と子孫繁栄を願う収穫祭だ。

旧暦十月の亥の日、亥の刻に亥の子餅を食べる。子ども衆が集落の各戸を訪ね、亥の子唄を歌いながら、亥の子石を突く。亥の子石が庭に残す窪みが深いほどめでたく、喜ばれる。突き終わった子ども衆には御祝儀が配られる。

私の故郷は四国愛媛県の南西部八幡浜市の横平という集落だ。山間地にあり、ほとんどがみかん農家である。今から半世紀前、子どもたちにとって亥の子祭は大きな楽しみだった。

今も行われている亥の子。八幡浜市若山で（井上千秋さん提供）

三十数戸が「東組」と「豆組」に分かれ、別々に行事をする。実家は豆組だった。参加できるのは小学生の男子だけ。当時はそれぞれ十人前後だったと記憶する。亥の子石や幟旗の運搬、御祝儀の分配まで、すべてを子ども衆が行う。

亥の子石はカーリングの「ストーン」のような形で重さは五キロほどだったろうか。石の外周の溝に鉄輪を付け、その輪に各自が藁縄を結ぶ。皆で藁縄を持ち、唄に合わせて石を持ち上げ地面に打ち付ける。亥の子石は何代も前から伝わるもので、縄は参加する者が自分で綯う習わしだ。亥の子祭は、子どもたちが集落の共同体へ参加する第一歩だった。

祭は夕方に始まる。サポート担当の「宿」と呼ばれる家へ集まり、まず集落の守り神一宮神社にお参りする。そこで最初の亥の子突きを行い、後は順繰りに家々を辿って行く。

二つの組の区分は、単純な地理的線引きではなく、血縁などによって決まっていた。だから、家を建て替えて元の場所を離れても、亥の子の組は変わらない。さらに、集落の東の外れにあった「堀切」という駄菓子屋は、どちらの組にも属さず双方を受け入れていた。そうした事情で、亥の子の行程は複雑に交錯する。私より十三歳年上の次兄のころは、血気盛んな者が多く、何かにつけて張り合ったそうで、途中で行き会った時には石を投げ合う喧嘩になることもあったという。

亥の子の日は、現行暦で十月末から十一月の初めに当たる。夕方以降は時の流れが速い。全戸を巡り終わると亥の刻ごろになった。亥の刻は午後九時から十一時である。子どもには眠たい時間だが、頑張るのは御祝儀のため。十数軒の御祝儀を分けると一人数百円になった。昭和三十年代のことである。小遣いというものがお年玉以外にない田舎の子どもにとっては有り難い収入だった。

祭の細部は忘れてしまったが、毎年歌った亥の子唄は今でも覚えている。メインは数え唄だった。一から十まで数に合わせて語呂のよい祝詞をつないでゆく。私の記憶を長兄の記憶で補正した歌詞は次のようだ。

〽祝いましょう、祝いましょう　お大黒様は　一に俵踏んまえて／二でにっこり笑うて／三で酒造って／四つ世の中良いように／五ついつもの如くに／六つ無病息災に／七つ何事無いように／八つ屋敷をつき広げ／九つ小蔵をうち建てて／十でとうとう納まった

祝詞の一方で呪いの詞もあり、家が不在だったり接遇が悪かったりした時に唄った。

〽亥の子、亥の子、餅ついて祝え、祝わん者は鬼を産め蛇を産め角生えた子を産め……

亥の子唄の歌詞は地域で少しずつ違いがあるようで、それは方言のようなものだろう。石を突く形式もまた地域によってバリエーションがあるようだ。

広島は亥の子が盛んな土地で、広島市の中心部では八十八本の大きな竹に引き縄を結び、竹の撓る力を借りて一・五トンの亥の子石を突く「大イノコ祭り」が催されている。

勇壮な行事で、数千人を集める観光イベントになっている。
大阪、京都などでは突き石ではなく藁束を縛った藁鉄砲で地面をたたくという。関東では「十日夜」という行事が同じ時期に行われている。田の神に感謝し、藁束を打ち付けるところは、京都などの亥の子とよく似ている。ルーツは同じなのかもしれない。

さて、本家の「ハロウィン」である。ハロウィンは元々ケルト人の行事だった。ケルトの一年の終わりは十月三十一日で、日本の大晦日に当たり、越年祭兼収穫祭として祝われていたらしい。翌十一月一日は年の始まりでもあるのだが、隙間の三十一日の夜を狙って魔物が来ると信じられ、仮面をかぶって魔除けをした。それに、キリスト教の聖人伝説が重なり、ヨーロッパ中に広まったという。
カボチャが登場するのはアメリカに渡ってから。アメリカでは、仮装イベントとして広がり、子どもたちが「トリック・オア・トリート」と言葉をかけながら、各戸を訪ね歩くスタイルになったという。

アメリカから伝わった日本のハロウィンで特徴的なのは、大勢が集まって楽しむ集会やパレードスタイルが多いことで、特に有名なのが東京・渋谷のハロウィンだ。渋谷の繁華街に集まる人数は百万人規模と言われ、思い思いの扮装で写真を撮り合い、パフォーマンスを競い合う。全国から集まるほかネット情報で知った外国人観光客も増加中だという。外国人たちにとっては、陽気な仮装コンテストのようなものらしい。

問題は、全体を取り仕切る主催者がおらず、統制が取れないことで、路上で酒を飲んで騒ぎ、ゴミを放置、参加者同士が喧嘩するなど、いざこざが絶えない。平成三十年には酔った若者が停車中の軽トラックをひっくり返し大破させる事件が発生、四人の逮捕者が出た。地元の商店街などから規制の声が出ているのは残念なことだ。

冒頭に立ち帰って、日本で行われる亥の子祭とハロウィンの共通点は何か。

①晩秋に行われる収穫祭である②子どもだけの祭で各戸を訪ね歩く③見返りがないと仕返しをする、という三点を挙げたい。同じ季節に、同じような趣旨で、同じような行事が連綿として行われている。洋の東西に通底する文化の共振性を感じる、と言ったら

渋谷ハロウィン

大げさだろうか。

外来のハロウィンが盛況を極める一方で、心配なのは亥の子祭の現状だ。地方の、特に農村部では過疎・少子化が急速に進み、開催できなくなったところが多い。横平集落も同様で、長兄の話だと戸数は半世紀の間に半分近くに減り、子どもも減少の一途。そのため豆組と東組を統合し、さらに女子の参加も認めたが維持できず、ついに休止になったという。

兄は、江戸時代に建てられた年代物の母屋を平成六年に移転改築した。大きく広くなった新家は元の家とはだいぶ離れた県道沿いに建てられた。亥の子祭は、その時はまだ続いており、子どもたちは新家まで来て亥の子石を突いてくれたという。

兄は「祝いましょう、祝いましょう…八つ屋敷をつき広げ…十でとうとう納まった」と声を張り上げる子ども衆の祝詞が嬉しかったと、まるで昨日のことのように語るのだった。

庭の幸

オナガは全部で七羽いたそうである。

十二月初めの晴れた日の朝、外が騒がしいのに気づいた家人が窓を覗くと、しっぽの長い鳥が柿の実に群がっていた。「グエー、グエー、グエー」「ギュイ、ギュイー」。一度聞いたら忘れられない悪声で鳴き交わしている。図鑑を見るまでもなくオナガと分かった。窓の端を少し残してカーテンを閉め、窓ガラスにレンズを押しつけて撮ったのが掲載写真だ。

オナガは、親だけでなく、きょうだいや仲間が加わり、集団で子育てをする鳥である。七羽はこのあたりをテリトリーとする一族だったのだろう。野鳥の餌が少なくなる冬の初め、オナガは朝昼晩三回現れて柿を食い散らし、それが数日間続いた。

オナガは日本では中部地方から関東以北に生息する留鳥。世界的には、極東と西欧ス

オナガ

ペインなどにいる。ユーラシア大陸の東西の端に分かれて分布する珍しい鳥だ。四国で生まれ育った私が初めてオナガを見たのは、社会人になって最初に住んだ仙台だった。淡い青灰色の尾羽とベレー帽をかぶったような頭。悪声とはかけ離れたダンディーな容姿でバードウォッチャーの人気者だ。街なかの公園で見た印象的な姿に、たちまちファンになった。

それ以降、転勤した東日本の各地で出会ったが、直近で見る事は出来なかった。

もう二十年近く前になる。転勤族の私が定住を決めて移り住んだマイホームに小さな庭があった。わずか十平方メートルほどだが、幾ばくかの草花や野菜、樹木を育てることは出来そうだった。

どんな庭にするか考えた。昔から野鳥が好きで、日本野鳥の会の会員を十数年続けていた。コンセプトは「野鳥が来る庭」としたい。それには実のなる木を植えるのが一番だ。ビワ、柑橘、グミ、サルナシ、ナンテン、アオキ、マンリョウ、そして柿を植えた。

桃栗三年柿八年というように、柿は実るまで長い月日がかかると聞かされていたが、意外にも一番早く実を付けたのは柿だった。植栽の翌々年、十個ほど付いた柿は味も色もよく、熟する前から鳥たちが偵察に来る人気ぶり。その後、年ごとに実の数を増やし、集客力ナンバーワンのスター果樹になった。

オナガ一家が現れたのは、百個近く実った年の事。庭の幸を狙う野鳥たちの間に「ヒエラルヒー」があると気づいたのはオナガの襲来がきっかけだった。

以前は餌台を置いていた。そこに初めて現れたのはスズメだった。スズメは人間に寄り添うように生活圏を持ち、どこの餌台でも最初に現れるパイオニアのような存在である。みかんやピーナッツをつつく姿を見ると、警戒心の強い他の鳥も安心する。メジロやシジュウカラが姿を見せ、その他も続いた。これまで柿に来た鳥は、三種にツグミ、ムクドリ、ヒヨドリ、オナガ、ハシボソガラス、ハシブトガラスを加えた九種。鳥たちには明らかな上下関係、すなわち階層があった。

庭の柿食い鳥たちの最下層にいるのはツグミである。スズメ、メジロ、ムクドリ、ヒヨドリ、オナガと続き、頂点にカラスがいる。面白いのは、体の大きなツグミが自分よりだいぶ小さいメジロに追われることだ。とりのなん子という人の野鳥漫画「とりぱん」では、ツグミは弱気な鳥の代表として描かれている。キョロキョロ、オドオド、いつも逃げ腰。そういえば、うちでも逃げてばかりである。漫画家の観察力に感心したものだ。

スズメは体格ではメジロに負けないが、穀物向きの短く太めの嘴が災いし、ジェル状の熟柿を食べるのは苦手なようだ。花の蜜を舐めるのに適応した細い嘴と舌を持つメジロは、柿を食べるときも同じ技を使い、ツグミやスズメをよそに、横から下から巧みに舐め取ってゆく。

メジロ

傍若無人なのはヒヨドリだ。大きな羽音を立てて現れ、ピーヨ、ピーヨとけたたましい声で他の鳥を脅す。遠くにいる鳥まで追い回し、完全に駆逐すると後はヒヨドリの天下だ。来る鳥のうちでは最大級のカラスが現れない限り心ゆくまで食べ続ける。

オナガは、階級的にはヒヨドリとカラスの間に位置し、家族の団結力を武器に餌を確保しているようだ。

シジュウカラは、めったに柿を食べないが、空腹だったのか柿に来た写真が一枚残っている。

先に書いた庭造りのコンセプトに、その後つけ加えたことが二点あった。ひとつは野鳥のためだけでなく「人間も食べられる」こと。もうひとつは、実家の果樹を、少しでいいから再現したいということだった。

食べたい果実は、柿とビワ。柿は実家で食べ親しんだ富有柿を植えた。正岡子規が執心した果物だったのが理由のひとつだ。ビワは子どもの頃の夏のおやつで、長兄が毎年送ってくれる茂木ビワを種から育て、柿に遅れること七年で実がなった。果実の分配は、野鳥と人間半々の「五公五民」を目安とした。どちらも無農薬でよく育ち安定して実をつけたが、分配で目論見が外れた。

柿は前述のとおり野鳥が争奪戦を繰り広げ、人間の付け入る隙が無い。せいぜい「七公三民」だろうか。ビワはヒヨドリとカラスを相手に奮戦してきたが、木が伸びすぎて人間の手が届かなくなり、おおむね「九公一民」の完敗状態だ。

鳥を呼び、餌を分けてやるご主人さまのつもりでいた私だが、本当のところは、鳥のヒエラルヒーの最下層の、さらにその下にいるのだと思い知らされたのだった。

長寿星

星が美しい季節になった。

冬の星の中でも、オリオン座や全天一の明るさを誇るシリウス（天狼）は歳時記に載っていて俳句の世界でもお馴染みだ。オリオン座の首星ベテルギウスとシリウス、それに子犬座のプロキオンを加えた三つの一等星は「冬の大三角」と呼ばれ、冬天を代表する景観を形作っている。その大三角の下の方、南天低くに身を潜めているのがカノープスである。地上すれすれに見える目立たない星だが、実は全天で二番目に明るい実力者であり、また見つけにくいがゆえに見えれば寿命が延びるという「幸運の星」でもある。

カノープスのことは父から教わった。

父は太平洋戦争末期に、ニューギニアに近いラバウルへ出征した。戦争の話はほとんどしなかったが、美味しかった野生のバナナやパパイヤのこと、上官に教わった囲碁、将棋のこと、そして南天の星空のことなどを話してくれた。

日本では低空を這うカノープスが南半球にあるラバウルでは天高く昇る。反対に日本では一年中見える北極星はまったく見ることが出来ない。そのため北の方角を見つけるには北斗七星かカシオペアを探すのだという。北を探す理由は、国民の義務である「宮城遥拝」の方角を知るためだった。

北極星の位置を割り出す方法は二つある。ひとつは、柄杓の形をした北斗七星の、カップの先の二つの星が示す方向へ二星間の距離を五倍する。もうひとつは、カシオペアの五つの星が形作る「W」の字に補助線を引き、補助線の交わる点を使って北極星の位置を割り出す。父によるとカシオペアは南半球からはWではなくMに見えるのでM字星と呼んでいたそうだ。

北斗七星は春の星、カシオペアは秋の星なので、二つの方法を知っていれば一年中北

カノープスと冬の大三角（吉田隆行さん提供）

の方角を知ることができた。一方、「南極星」がない南天で南を知るには、極点に近い南十字星を探すのだと教えてくれた。

余談になるが、北斗七星の六番目の星ミザールは二重星で、兵隊の視力検査では二つの星に分離して見えるかどうかを調べたそうである。

カノープスは、四国の実家ではごくあたり前の冬星だった。わが家の庭は東から南西に開けていて、年明けから春先まで、山並みの途切れる真南の方角に赤い姿を現した。本当はマイナス〇・七等星なのだが、大気の中を通るうちに光が減衰し、三～四等星ほどにしか見えなかった。しかも大気の揺らぎで瞬きをする。ゆらゆら揺れながら真っ赤に光る星は不気味で、幼少の私に強い印象を残した。

中国古代文明の中心地だった黄河中下流域では日本と同じように南天に低く見える星として知られ、「南極老人星」「寿星」などと呼ばれて国家安寧と長寿願望の対象になった。七福神の寿老人もカノープスだといわれる。信仰は日本に伝わり、キトラ古墳の天文図にも描かれた。

呼び名については、日本では中国由来の名前のほか、よく見える土地の名前を入れることが多いようだ。千葉房総の漁港・布良はよく知られた観望地で、そのことから関東の沿岸地域では「布良星」と呼ばれる。岡山では「讃岐星」、広島では「伊予星」と、瀬戸内海を挟んだ北四国二県の旧国名で呼ばれるそうだ。また、現れたと思ったらすぐ消えるのを「横着」とみなし、「伊予の横着星」などと、愛媛県人にとっては失礼な名前で呼ぶこともあるらしい。

父は、旧制の高等小学校を出ただけの無学ながら好奇心旺盛な人だった。

昭和四十年の秋「世紀の大彗星」池谷・関彗星が出現した時の、ある夜のことである。深く寝入っていた私は突然父にたたき起こされた。事情の分からないまま庭へ出ると、父は東の空を示し「あれが池谷・関彗星じゃ」と言った。寝ぼけて不機嫌だった私だが、夜空に慣れた目で見直すと山の際から斜めに長々と尾を伸ばした彗星が見えた。「月より明るい」と聞いていたが、想像をはるかに超える大きさと見事さで、明け方まで小一時間見入ったことを覚えている。父はその後も彗星や流星群、日食、月食などの情報を仕入れては教えてくれ、私は次第に天文少年になっていった。

中学二年生から三年生になるころ、天体望遠鏡を自作したことがある。天体観察はちょっとしたブームになっており、天文雑誌にはメーカー製の望遠鏡の広告が幾つも載っていた。しかし、それらは大人にとっても高価な製品で、中学生には到底手が出ない高嶺の花。できることは、手に入る安い部品で自作することだった。

広告ページの片隅にあった無名メーカーの口径八十ミリのアクロマートレンズとハイゲン式接眼レンズを買い、農業用水の塩ビ管を父にもらって鏡胴にした。望遠鏡を据え付ける経緯台は、杉板の端材で自作した。

子どもの工作にしてはまずまずの出来映えで、月のクレーターや土星の輪、アンドロメダ星雲などを見て喜んでいたが、望遠鏡の性能は、結局は値段で決まるものだったようだ。著名なアマチュアが雑誌に投稿するような鮮明な姿を見られるわけでもなく、彗星や新星を見つけるにはほど遠かった。高校に進学するころには星への興味は薄れ、カノープスのことも忘れてしまっていた。唐突に思い出したのは昭和五十年代後半のことだった。


就職後最初の赴任地となった仙台に住んでいたとき、新聞の地方版に「カノープスの北限競争」という記事を見つけた。

カノープス観測の北限は、単純計算では福島県いわき市あたりだが、大気の屈折効果のため、実際には同県の相馬市と新潟市を結ぶ線のあたりまで北上する。高い山に登ればさらに北へ延びる余地があって、マニアの挑戦が続いている、という話だった。

私は新聞社に勤めており、記事を書いたのは同業他社の一年先輩K記者だった。Kさんは優秀な事件記者で大きな事件で何度も抜かれたことがある。その一方、かつては天文少年だったそうで、記事は詳しく分かり易く正確だった。

記録を伸ばすには、標高とともに南に視界が開けていることが必須で、マニアたちは条件に合う場所を探し続けていた。標高が高いのは奥羽山脈の山々で、南が開けているのは、例えば宮城県東部の金華山など海岸近くが該当した。当時の北限がどこだったか判然としないが、宮城・山形県境の蔵王山で観測された事が知られていた。

Kさんの記事が載った後の昭和五十八年十月十五日未明、アマチュア天文家の竹内秀明さんが山形県の月山（標高一九八四メートル）から撮影に成功。月山山頂の北緯三十八度三十二分が北限の観測記録となった。その日の月山は強風で冷え込み、霧氷が見られるほどの寒さだった。撮影のいきさつは二枚の写真とともに天文雑誌に掲載され、好事家の話題をさらった。記録はその後現在まで更新されることなく残っている。

私はその後転勤で全国を渡り歩き、先々で観望を試みたが、条件に恵まれず、故郷の四国で見た以上のカノープスを見られないでいる。

父は平成七年の暮れに脳梗塞で死んだ。命日は夏目漱石と同じ十二月九日で、八十一歳になる二週間前だった。当時の男性の平均寿命は七十六歳四カ月だったから、それより五年近く長生きしたことになる。

最晩年は半身が不自由で苦労もあっただろうが、自宅で最期を迎えられたのは幸せなことだったと思う。南洋ラバウルで見たカノープス、そして故郷の四国で毎年見ていたカノープスの「長寿の御利益」は確かにあったのだろうと私は思っている。

◇

カノープスは、東京など関東では平地で見ることが出来る。ただし東京では南中時でも高度はわずか二度足らず、地平線から満月四個分ほど上の位置で、大気による光度減衰で暗くなるため見つけるのは簡単ではない。真南に建造物や木立がないところ、また街灯などの「光害」の少ない場所を選ぶ必要がある。双眼鏡があると大いに助かる。

カノープスが見えている時間は南中前後の一時間ほど。おおよその時刻は、十二月一日で午前一時二十五分ごろ、新年一月一日は午後十一時二十分ごろ、二月一日は午後九時二十分ごろ、三月一日は午後七時三十分ごろ。子どもと一緒に観望するなら二月から三月初めが適期だ。

雑煮

間もなくやって来る新年の雑煮は、妻の故郷に伝わる正調「石巻雑煮」を作ることに決めている。

思い立ったきっかけは、食品会社の主催する雑煮コンテストで宮城県出身の人が作った仙台雑煮が最優秀賞に選ばれ、ネットに掲載されたことだ。石巻雑煮は仙台雑煮のバリエーションだが、豪華と言われる仙台雑煮よりも贅沢なのだと、妻は常々言っている。うちの普段の雑煮は筋子とナルト、春菊だけの簡素なものだ。それはそれで美味しいのだが、最優秀雑煮の写真を見たことで、超豪華な石巻雑煮が食べたくなったのだ。

まず、本家の仙台雑煮を確認する。妻に聞いた基本レシピは次のようだ。

①松島湾などで獲れる沙魚を使った焼き沙魚で出汁を取る

②大根、人参を千切りにした「ひきな」と芋殻（芋茎）、凍み豆腐を醤油で煮て具材「おこう」を作る
③お椀に焼いた角餅とおこう、紅白のかまぼこ、カステラかまぼこなどを入れ、つゆを注ぐ
④最後に、出汁を取ったあとの焼き沙魚とほぐした筋子、芹を載せる

石巻雑煮

石巻雑煮と仙台雑煮の違い、詰まるところ石巻の方が贅沢だという理由のひとつは、載せる筋子を予め湯通ししておく一手間だと、妻はいう。伝統料理のこだわりだ。そのほか、オプションとして載せる魚を出がらしの沙魚ではなく、別誂えの焼き穴子とすること、さらに蒸し鮑を具に加えることも相違点で、贅沢感の増幅に一役買っている。

雑煮はどこで、いつごろ生まれたのか。伝承料理研究家の奥村彪生《あやお》さんによると、室町時代に京

都で始まり、将軍家や上級武士の婚儀の「固めの酒」の肴として供されたという。具材は干し鮑、干し海鼠、結び蕨など。それぞれに「不老長寿」「豊作と金運」「夫婦を結ぶ」の意味が込められた目出たい料理だった。

雑煮文化はその後公家社会に伝わり、一般武士にも広まる。徳川時代になって参勤交代が始まると、江戸から地方に伝わり、雑煮はハレの食べ物、年の始まりを祝う正月料理として浸透していった。

庶民が雑煮を食べるようになるのは元禄のころからだ。味付けは、初めは味噌だった。澄ましつゆが登場するのは、醬油が全国的に流通するようになった江戸中期以降だという。また、雑煮が伝えられた各地方では、土地の産品を使った独自の雑煮が育っていった。

全国にはどんな雑煮があって、どのように分類されるのか。餅の形とつゆで大きく四つの食文化圏に分けられると、奥村さんは書いている。

餅の形の違いによる境界は関ケ原付近を通る南北の線で、東が角餅、西が丸餅である。つゆは、京都を中心に関西と北陸、四国の一部が味噌仕立て、それ以外は澄まし仕立てが主流だ。

四つの雑煮文化圏は

①角餅澄ましつゆの東日本

②丸餅澄ましつゆの西日本

③丸餅味噌つゆの関西・北陸・四国東部

④丸餅小豆つゆの出雲・因幡

である。

小豆つゆは、汁粉やぜんざいに似て味も甘く、ほぼ山陰だけに分布する。西日本が勢力圏の丸餅が、角餅圏である山形県の酒田や鶴岡に飛び地のように存在する。これは江戸時代に北前船が行き来したことと関係がありそうだ。雑煮の分布は極めて興味深い。奥村さんは二年かけて四十七都道府県を歩きデータ収集したという。

検証というほどではないが、私も親類や知人から聞き取りし、併せてネットでも調べてみることにした。

四国の実家と、次姉の住む広島は丸餅澄ましつゆ、大阪の長姉の家は丸餅味噌つゆだった。奥村さんの分類②と③に合致する。

面白かったのは次兄の住む富山県の黒部で、兄嫁は「うちは角餅だけど、妹のところは丸餅。おつゆも、うちは醤油だけど、味噌を使う家もある」と言う。同じ市内でもまちまちである。富山県中部出身の友人は「県東部の食文化は新潟などに近い」と言う。どうやら黒部あたりにも何らかの境界線があるらしいが、身内や友人だけの調査では詳細は分からなかった。

雑煮に関する情報はネットにあふれている。グルメ情報サイトのほか、食品業界や自治体のサイトもある。そこで紹介される雑煮は、各地の産品の展示場のようだ。

餡入り餅を白味噌仕立てにした香川の餡餅雑煮は、変わり種として有名だ。ためしに通信販売で取り寄せてみたが、餡餅はふつうに甘く、味噌の塩味も感じられ、不思議な味覚でおいしかった。

昔から捕鯨の町だった青森県の八戸では具に鯨の皮を使う。青菜しか入れない名古屋の雑煮は「菜」に「名」を掛け「名をあげる」の意味を込

香川の餡餅雑煮

めた。「青菜だけ」というのは名古屋の倹約文化かと思ったが、実はしゃれた「言葉の隠し味」だった。福井の蕪雑煮も同様で、「株を上げる」意味があるそうだ。

石巻雑煮も地元の産品が詰まった宝箱だった。

北上川河口に位置し、藩政時代から漁業の中心地で米の集散拠点としても栄えた石巻には藩内各地から山海の幸が集まった。沙魚は浦々に湧き、秋に釣ったものを焼き干しにして保存する。地元で「はも」と呼ぶ穴子も獲れる。鮑は南三陸が大産地、筋子は運河で繋がる阿武隈川の名物、凍み豆腐は内陸部・岩出山の特産品だ。石巻の往時の賑わいを、松尾芭蕉は「数百の廻船入江につどひ（略）竈の煙立ちつづけたり」と書き残した。

妻の父大和二郎は釣り好きで、生家の加美郡小野田町の農家では川魚を獲ることが子どもの生活の一部だった。教職に就いて赴任した石巻では海釣りを覚えた。血を引いた義兄信一も孫も釣り好きに育った。大和家では沙魚釣りと焼き沙魚作りは年末行事のひとつになっており、焼き沙魚はお歳暮としてわが家へ届く。おかげでうちでも正調の石巻雑煮を作ることができるのである。

雑煮について、私は豪華さをテーマに調べ始めた。しかしその歴史や多様性を見るにつれ、雑煮は単なる餅料理ではなく、地域文化そのものだと知った。それぞれの故郷の雑煮を食べることは故郷の文化を食べることだと気づいた。新年の石巻雑煮は、かつてなく味わい深いものになりそうである。

三八豪雪

田舎からみかんが届いた。食味の違う二種類の温州みかんが一箱ずつ。十二月下旬、長兄からのお歳暮である。今ごろは収穫の追い込みの時期だ。

電話で手短に礼を述べ、ついでに作柄を聞くと、兄は「秋の長雨で質も量も良うない。それに、このところ雪が積んでみかん取りが終わらん。正月までかかるかも知れん」とぼやく。今年は初雪が平年より二週間以上早く、その後も降雪があり作業が滞っているとのことだった。

日本列島の西南に位置する四国は温暖で、雪が積もることなどないと思われているようだが、私の故郷愛媛では、ほぼ毎年積雪があり、農作物に被害を及ぼすことも少なくない。中でも昭和三十八年（一九六三年）は歴史的な大雪だった。

気象庁の記録によると、前年のクリスマスごろから降り始めた雪は年明けと同時に本格化し、新潟、北陸地方を中心に広い地域で記録的な積雪があった。特に多かった福井市では二百十三センチと人間の背丈を超える大雪になった。日本海側の多雪地帯とはいえ、平野部での二メートルは大変な雪だ。

九州でも数十センチから一メートルの積雪があり、全国の二十近い観測地点で史上最深を記録した。そのうち十地点では半世紀以上たった現在でも最深記録として残る。

気象庁が大雪災害に初めて豪雪と名付けた「昭和三十八年一月豪雪」、通称「三八豪雪」は、昭和三十年以前の生まれならかなりの人が記憶しているはずだ。

愛媛県では内陸部久万町（当時）で百二十二センチを記録した。これは現在まで残る同県内の最深積雪で、信じがたいことだが、東北地方の多くの地点の記録を上回っている。仙台市の最深記録は四十一センチ、盛岡八十一センチ、日本海側の山形市でも百十三センチである。

データが物語る三八豪雪の記録からも雪のすさまじさが分かるが、数字では見えない降雪の様子が知りたくて当時の新聞をあたってみた。松山市の図書館で閲覧した愛媛新聞のとじ込みには連日、豪雪を伝える見出しが躍っていた。

年末から始まった降雪は、五波に及び二月上旬まで続いた。影響が特に大きかったのは県中南部だった。

被害はまず交通に出た。久万町などを走る伊予鉄バスと国鉄バスがストップ。雪が降るたびにバスの運休は拡大し、下旬には国鉄予讃線も一時不通になった。郵便の遅配も多く、何日も途絶する地域が出た。学校の休校も各地で相次いだ。生活物資の高騰も伝えられた。

年金を受け取りに行った男性が帰り道で凍死。生後十三日の男児が急性の黄疸を発症し、診療所へ向かう途中父親の背中で息絶えるという悲劇も起きた。

久万町の隣町・小田町（当時）の深山地区は屋根まで雪に埋まり、隣家との間にトンネルを掘って軒から軒へ行き来した。雪のトンネルは全長数百メートルになったという。まさに「陸の孤島」状態が温暖な四国で起きていた。

雪に埋もれた小田町。手前は雪のトンネル入り口（愛媛新聞社提供）

実家のある八幡浜市は八十年ぶり

の大雪だった。山沿いの日士地区で六十三歳の女性が吹雪に遭い行き倒れ状態になった。たまたま通りかかった紡績工場の二十歳の女工さん二人が発見、積雪五十センチの中を交代で背負い、六百メートル離れた交番に運んだ。女性は親戚を訪ねた帰りでバスが不通になったため荷物を持って歩いていた。あと五分遅かったら命が危なかったという。

当時小学校二年生だった私は、通学に四苦八苦したことを覚えている。

一番雪が深かった日、家を出てすぐ膝まである長靴が雪に埋もれた。靴の縁を越えて入り込む雪を数歩ごとに掻き出し、普段は十五分ほどの道を一時間近くかけてたどり着いた。翌日、両足は霜焼けで真っ赤に腫れ上がった。五歳年上の姉が通う中学校への山道は小学校の数倍の距離があり、集落総出で雪かきをして大変だったという。小学校も中学校も何日か休校になったと思う。

雪害についての記憶は乏しいが、雪で遊んだ記憶は強く残っている。

家の裏の坂道は手作り橇の滑降コースになった。雪だるまのほか、庭の雪を一カ所に集め、さらに屋根から落ちた雪も加えてかまくらを作った。それは、子どもが腹ばいで入れる程度の小さなものだったが、二軒隣の親戚の家で倍ほどもあるかまくらを作ったと聞き、皆で押しかけ、みかんを食べて雪国気分を味わった。

この時の雪遊びは県内各地の子どもの共通体験だったようで、県最南部・広見町（当時）のかまくら遊びの写真や、小田町にできた雪のトンネルでの橇遊びの写真が新聞に掲載された。

雪のトンネルで橇遊びをする子どもたち（愛媛新聞社提供）

先に、四国で雪が降ることを知らない人が多いと書いたが、私自身もなぜこんなに雪が降るのか長い間疑問に思っていた。謎が解けたのは気象衛星ひまわりの雲画像のおかげだった。

冬の季節風が日本海を通り抜ける際、暖かい対馬海流から湧き上がる水蒸気を吸って雪雲を発達させる。雪雲は日本列島の脊梁山脈に当たって日本海側の各地に大雪を降らせる。山脈を越えた季節風は乾き切った空っ風となり太平洋へ吹き抜ける。これが日本列島の基本的な降雪のメカニズムだ。

脊梁山脈は、東北地方から九州まで続くが、途切れている場所が二カ所あった。一つは滋賀・岐阜県境の関ケ原だ。関ケ原のすぐ北にある伊吹山は豪雪地帯として知

太平洋への雪雲の吹き出し。
2018年12月29日正午すぎ

られ、昭和二年二月十四日、山頂の測候所で十一・八二メートルの積雪を記録した。これは積雪日本一の記録であると同時に世界記録でもある。

関ケ原自体も雪の多いところで、東海道新幹線の列車を止めることがある。関ケ原を抜けた雪雲は名古屋の市街地に雪を降らせ、さらに遠く伊豆諸島の八丈島まで延びて雪をもたらす。その様子が衛星画像で確認できた。黒潮に浮かぶ島の積雪は意外だったが、データを調べたら、数年に一度は雪が降り、最深積雪三センチを何度か記録していた。

山が途切れるもう一つの場所は関門海峡で、海峡を抜けてきた雪雲が、四国山地にぶつかり雪をもたらす。この吹き出し現象は気象関係者の間では有名で、愛媛県在住の気象予報士の人がネット記事で言及していた。

県特産の伊予柑は年末から一月ごろに収穫するのだが、そのハイシーズンに襲ってくるクリスマス寒波や年末年始の寒波を「いよかん寒波」と呼び、寒害と作業の遅れが柑橘農家の悩みの種だと書いていた。

この人は私と同じ南予地方出身で、実家では伊予柑を作っているそうだ。私がかけた電話の向こうで、この冬の雪をぼやいた長兄と同じような心境だったに違いない。

同行二人

境内に尺八の音が響いた。後ろから見れば檜笠、白衣、白足袋姿。前に回れば首に輪袈裟、手首に念珠。一分の隙もない遍路姿の長身の男性が、大師堂の前に直立し音曲を奏でている。節回しと音色から、素人の耳にもなかなかの技量と分かる。馴染みのない曲が何曲か続いた後、童謡「赤とんぼ」で演奏が終わった。

ここは徳島、鳴門市にある四国八十八霊場第一番札所霊山寺《りょうぜんじ》。多くの人が遍路の出発点とする名刹だ。皆がお経を唱える納札箱の前で尺八を吹くのが珍しく、話しかけてみると「私は

霊山寺山門

読経が苦手なので、少し心得のある尺八で御大師さまとお話させて頂いております」と言う。仙台在住のこの初老の男性は、七年前の東日本大震災で親族や知人を亡くし、弔いのために四国遍路を発心。巡拝は今回で五度目になると話した。

四国生まれの私にとって、遍路は身近で知識もあるつもりでいた。しかし巡拝の現場をちゃんと見たことはなかった。「遍路」が春の季語と知らず、句会で季重なりを犯しかけたこともあった。これでは情けないと、一念発起し遍路に挑んだのだった。

十二月の寺は閑散としていたが、仏独共同出資のテレビ局「アルテ」のクルーが取材に来ていて、尺八の男性も取材していた。四国遍路はヨーロッパでも知られてきており、「旅」をテーマに番組を作るという。遍路が国際化していることに驚かされた。


四国遍路八十八の札所は、徳島に二十三、高知に十六、愛媛に二十六、香川に二十三カ所あり、全行程は千四百キロに及ぶ。霊場へ参拝することを「打つ」といい、一番の霊山寺から順に時計回りに辿れば「順打ち」、八十八番の大窪寺から反対に回れば「逆打ち」という。アットランダムに回ることは「乱れ打ち」と呼ぶそうだ。最初の参拝を発願、回り終えることを結願という。

私の遍路は、東京で買った初心者向けの案内書から始まった。それには、修行ではな

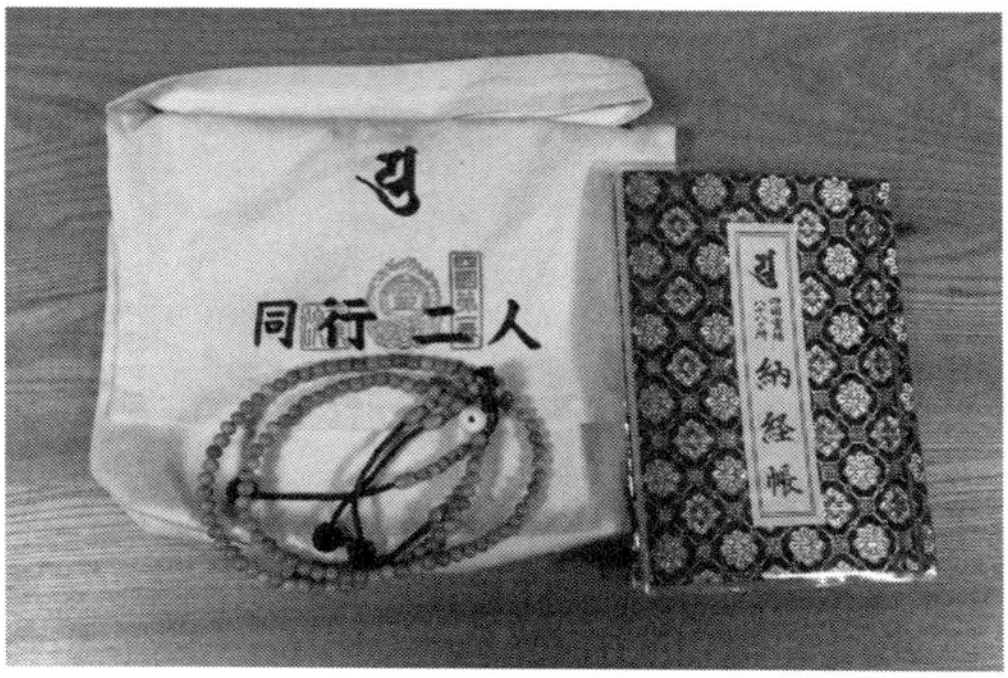

頭陀袋・数珠・納経帳

く観光目的でも良く、真言宗以外の宗派、他の宗教でも良いと書いてある。また装束・携行品もそれぞれの判断で構わない、とあった。

　霊山寺の案内所で必需品の納経帳と納札、数珠、そしてそれらを入れる頭陀袋を買い求めた。大きな菅笠と弘法大師の分身とされる金剛杖は荷物過多になるため見送り、代わりに大師が宿るという白の親珠付きの数珠を求めた。頭陀袋には「同行二人」の文字。それを肩にかけ、数珠を握りしめて発願した。

　参拝の手順は次のようだ。

　まず、山門前で一礼し境内に入る。手水舎で手を清め、許可されていれば鐘楼の鐘を突いて心を鎮める。次に本堂へ回り、ろうそくと線香をあげる。賽銭を納め、住所と名前を書いた納札を納札箱に納める。合掌のあと読経する。般若心経など読経すべきお経はガイド本に収録されている。

　本堂が終わったら、大師堂も同じ手順でお参りする。それが終わったら納経所へ。納経所は寺務所のようなもので、納経帳に御朱印を押してもらい、御本尊の御影を頂く。

最後に納経料を納めれば完了。納経料は全寺共通で三百円である。

元々は、誰もが歩いて回っていた遍路だが、現代では車を使う人が増えたそうだ。「お遍路オンライン」というインターネットのサイトによると、巡拝法は「バス遍路」「車遍路」「歩き遍路」の三つに分かれる。一番多いのは事業者の募るバスツアーで全体の半分ほど。マイカーなどの車がそれに続き、歩き遍路は全体の数パーセントだろうということだった。

四国の人間は、遠足にでも行くように遍路を経験すると思われているようだが、巡拝者はそう多くはない。うちの家族で遍路をやり遂げたのは長兄だけである。兄は農家なので、雨や雪の日以外は毎日仕事がある。その中で丸々休める日を見つけ、日帰りで数カ寺ずつ参拝した。多くは夫婦二人で自家用車に乗って参ったが、最後の方になると運転に不安を感じ、長男に運転を頼むことが多かったようだ。時計回りの順打ちで三年ほどかかり、四年前に結願した。その後、高野山奥之院へもお参りし「満願成就」を果たした。

八十八カ所巡拝には「お接待」がつきものだ。お遍路さんを弘法大師の化身とみて、接待が功徳を積むことになるとの考えから地元の人たちが茶菓や食事、時には現金を提供する。私の発願の日は閑散期のウイークデーで、門前町の接待所はほとんど閉じていたが、昼食に饂飩を食べた駅前食堂の女将が「お接待です」と言いながら、当たり前のように焼き菓子を出してくれたのには感じ入った。

愛媛にある私の実家は、遍路道からは離れた場所にあるが、喜捨を求める遍路さんが時々やって来た。父は信心家ではなかったが、お遍路さんが来ると必ず米やお布施をあげていた。小学生だった私が一人で留守番をしていたある日、やって来たお遍路さんに米をあげたことがある。父を真似てお櫃を開け、二合半枡にすり切りいっぱいの米を掬い、お布施袋に移し入れたところ、軒先で静かに読経していたお遍路さんがにわかに饒舌になり、母屋の家相を褒めちぎりながら去って行った。

良いことをしたと思い帰宅した父に得意顔で報告すると、父は怒気を含んだ声で「米をあげるのはかまわんが、喜捨は一勺か二勺のもんじゃ」と呆れ顔だ。麦飯が常食だった時代、棚田で取れるわずかな米は貴重品だった。「一粒の米には神様が七人宿る」とも聞かされた。しょげ返る私に、父は語調を和らげ「まあそうじゃのう、遍路さんは明日明後日の米まで貰うて喜びなはったがやろう。かまわんかまわん」と鉾を納めてくれた事を覚えている。

私の初めての遍路行は、飛行機を使った一泊二日でタイトな日程だったが、一カ所だけ寄り道を入れていた。霊山寺から第二番札所・極楽寺へ向かう途中にある板東俘虜収容所跡である。

第一次世界大戦で日本はドイツと戦った。戦場は中国の青島周辺で、日本が勝利し捕虜になったドイツ兵約千人が収容された。収容所長は松江豊寿陸軍中佐（後に大佐）で、捕虜に対し公正で人道的な処置を取ったことで知られる。

松江は捕虜の自主活動を奨励し、スポーツや文化活動、農業やウイスキー製造などの生産活動を許した。地元民収容所を出て地元民と交流することも認めた。地元民は「ドイツさん」と呼んで受け入れた。肉屋やパン屋だった兵士らの製品は地元民に販売され、その製造技術も伝えられた。青島で音楽隊の隊員だった人を中心

ドイツ兵の慰霊碑

に楽隊が結成され、一九一八年六月一日にベートーベンの交響曲第九番が演奏された。日本初の「第九」だったばかりかアジアでの初演となった。

収容所は第二次大戦後の一時期、引揚者住宅として利用された。住宅に住んでいた女性が雑草に埋もれた石碑を発見、収容中に亡くなった兵士の慰霊碑と分かり、清掃・献花活動が始まった。その話がドイツに伝わり、元俘虜と住民の交流が再開。跡地は史跡公園として整備され、近くに「ドイツ館」が開設されるなど交流が広がった。「第九」初演百周年にあたる二〇一八年六月には記念の演奏会が開かれた。演奏会にはドイツ兵の孫の女性らも参加し「歓喜の歌」を歌った。

捕虜政策の模範とも言われた板東収容所の成功の裏には、遠国からの旅人を温かく受け入れてきたお遍路の接待文化があったと考えられている。

四国遍路は最近、静かなブームのようだ。巡拝者数について確かな数字はないが、年間十万から三十万人といわれる。現役を引退した団塊世代が牽引役で、亡くなった縁者の供養をする人や、自分の「見つめ直し」をする人が多いそうだ。特に、八十八霊場創設千二百年にあたる二〇一四年には、官民のＰＲもあって大きな盛り上がりを見せた。外国への発信強化も始まっていて、四国四県と関係自治体は、世界文化遺産登録を目指し、文化庁に暫定リスト入りを要請している。ユネスコが認定基準を厳しくしたため前途は険しいが、息長く運動を続ける構えだ。

私のこの時の遍路行は時間が足りず、巡拝は第五番札所・地蔵寺で終わった。結願まで何年かかるか分からないが、世界遺産への道のりと同じように、気長に取り組もうと思っている。

双岩中学校

校歌を歌うのは四十七年ぶりだった。

〽西光の山映ゆる雲　楽しき集い希望あり　栄えある母校たたえつつ　共に努めん
　いざわれら　われら　双岩健児

わが母校八幡浜市立双岩中学校は、平成二十九年三月末をもって閉校になった。その直前に行われた閉校記念式。在校生、卒業生、教職員など三百余人が会場の体育館を埋めていた。校歌斉唱は、しみじみとした雰囲気の中、式典の最後に行われた。半世紀のブランクがあるのに歌詞が自然に出てきて驚いた。ただ、伴奏のピアノがアップテンポ過ぎてスピードに付いていけなかったのが残念だ。私にとって最後になるであろう校歌斉唱は、少しだけ消化不良で終わった。

学制改革で戦後まもなく誕生した新制中学校に、私は昭和四十二年春入学した。同学年は四十九人。松組と竹組の二クラスに分かれ、私は竹組だった。松と竹ではどっちが上なんだろう。松竹梅だから松かな、などと考えながら「クラス」という言葉に心が弾んだ。小学校の六年間、私は「複式学級」で学んだ。母校の布喜川《ふきのかわ》小は児童数五十人前後の「僻地校」で、先生は校長を含め四人しかいなかった。一学年で一クラスを編成できず一人の先生が二つの学年を担任した。授業に不都合を感じたことはなかったが、雑誌で知った都会の大規模学校に憧れ、クラス替えに憧れた。中学校でそれがやっと実現したのだった。

中学の三年間は良くも悪くもなく普通だったと思う。クラス替えはあったが何のドラマも生まれなかった。当たり前である。二つの小学校が合流し人数が五倍になったとはいえ五十人弱。すぐに学年全員の名前と顔を覚えた。転校生が来ることもなくドラマの起きようがなかった。

部活動は軟式テニスを選んだ。野球かサッカーをやりたかったが、校庭が狭くどちらもなかった。三年生で出場した地区のテニス大会で一勝か二勝したが、入賞には届かなかった。修学旅行で関西に行ったが、奈良の大仏の巨大さに驚いたくらいであまり記憶に残らなかった。

閉校直前の双岩中学校

閉校式は午前十一時に始まり、滞りなく進んだ。母校出身の大城一郎市長、学校関係者、来賓が挨拶し、河野敏男校長が校旗を返還した。私が嬉しかったのは、中学校の統廃合を取り仕切る教育長が小学校から高校までの同級生、井上靖君だったことだ。

小学校は卒業の翌年、廃校になっていた。最後の年度は複式学級も維持できず、三学年一クラスの「複々式」だったという。中学校の閉校記念誌に寄せた挨拶で、靖君は小学校の廃校にも触れていた。複式学級で学んだ事を誇りに思うと書き、自分の人間形成は保育園から中学校までの十五年間でなされ、中学校は自分の原点だと書いた。私も同じ思いだった。小学校に続き中学校も閉校するとの知らせに二重の喪失感を抱いていた。せめて中学校の最後に立ち会いたく、閉校式に臨んだのだった。

この日出席した同級生は靖君と私、坂本ひろみさんの三人だけだった。式典後に開かれたお別れ会で、弁当を食べながら坂本さんと話すことが出来た。私が横浜に住んでいて一昨年に孫が生まれたと言うと、坂本さんは、隣町の大洲市で暮らし、孫が四人いると話した。互いによく知る友人の消息を教え合い、物故者が七人いると分かった。「入学時の七分の一。多いよね」「早すぎるよね」と言い合った。

坂本さんは文章を書くのが好きで四十代から地元紙の読者投稿欄へ投稿を始めた。身辺雑記から社会・政治問題までコンスタントに書き続け、二百回近く掲載されたという。一回でも載ると親戚や友人からお祝いの電話が来るという名物コーナーで、誰もが知る投稿者だった。

在校当時の先生で式に出席されたのは児玉陽三先生だけだった。先生は、私が三年になる年に着任された。二校目だったが職員室で一番若かった。教科は理科で、私が天体望遠鏡を自作したときに相談したことがあり、それを覚えていてくれた。

夏休みの部活の後だったと思う。部活仲間と学校前の川で釣りをし、ハヤがたくさん釣れたことがあった。川には寄生虫のジストマがいるので川魚は食べない。ハヤも放流するつもりだったのだが、見物していた児玉先生が「もったいない」と持ち帰った。ジストマの事を伝えたが意に介さなかった。

その話をすると先生は「覚えているよ。うまかった。体もほら、大丈夫」と笑った。児玉先生は隣市を貫流する県内一の大河・肱川のほとりで生まれ、川にも川魚にも詳しかった。ジストマは熱を通せば死ぬことを知っていたのだろう。先生は双岩中に十年間在籍。学校のプールができて間もない時期で、水泳部の指導を任され四国大会で二度優勝選手を出したという。

お別れ会では、各世代の四人が思い出話を披露し、私が知らなかった事をいくつも聞くことが出来た。

小中高の先輩河野敏さんが、小学校に続き中学校が閉校すると知ったのはアメリカ研

閉校記念碑

修から帰った時だった。「宝物を無くしたようで、学校の方角に足を向けて寝られなかった」と語った。思い出深いのは予讃線が宇和島までディーゼル化された時の記念列車に、中学生代表として乗車したことだと話された。

鉄道の話をした人はもう一人いた。田中信也さんは中学校から徒歩一分の家に生まれた。駅からも近く、二歳だった昭和二十年六月、全線開通した予讃線の八幡浜—卯之町間の一番列車に乗った話をされた。当時鉄道は輸送の中軸で子どもの憧れの乗り物だった。

河野さんはほかに、運動会で行われる地区対抗の「分団リレー」の事も話された。小学校高学年も参加して中学生と一緒にバトンをつなぐ、運動会一の花形種目だった。私たちの分団は布喜川小学校へ通ったふたつの集落、横平と布喜川で構成され、略して「横布喜分団」と呼ばれていた。

記念誌のコメントでリレーに触れた横平生まれの女性がいて「私たちの分団はいつも一番」で、強い理由は「片道一里（四キロ）の山道を歩いて通学していたから」と書いていた。分団リレーは、地区が競い合い絆を育む大切な行事でもあった。

「終わらない双岩魂」と名付けられた閉校記念誌は、ＰＴＡや地元在住の卒業生らの尽力で出来上がったと聞いた。開校以来七十年、全年度の卒業写真と二千四百余人の名簿、コメントが詰まったタイムトンネルだ。私は名簿からきょうだい六人の名前を見つけ、記念写真の中の顔を確認した。

双岩中学校旧校舎（八幡浜市教委提供）

開校以来の行事や校舎の写真を集めたアルバムは見応えがあった。遠足や部活、プールの落成式の写真もあった。今では考えられないことだが、バスケットボールとバレーボールのコートが屋外だったことを思い出した。

一学年上の先輩たちが、修学旅行先の京都の児童施設に千匹の蛍を届けたことを伝える地元紙の記事も載っていた。私は姉たちが持って行く蛍を採る手伝いをした記憶があるが、私たちの学年は蛍を届けることができなかった。農薬のせいで昆虫が急減しつつあり、母校の伝統は一年前が最後になったのだった。

私の学んだ木造校舎はとうになくなっていた

が、校舎の改築前後の様子を知ることができた。セピア色に褪せた何枚もの写真に涙がこぼれた。

閉校の年、双岩中学校を卒業したのは二十二人。送り出した一、二年生は十七人だった。一、二年生は新年度から統合先の八代中学校へ通うことになる。

アルバムの最後の方に私の知らなかった運動会のパフォーマンス「よさこいソーラン」の写真があった。お別れ会でも多くの人が話題にした人気プログラムで十三年間続いていたそうだ。閉校後どうなるか心配されたが、関係者のはからいで、八代中学校に引き継がれる事になり、新年度の運動会で演じられたという。学舎は移っても双岩魂が生き続ける希望を見たように思った。

外道グルメ

釣り人の間では、本命以外の魚を「外道」と呼ぶそうだ。たとえば磯釣りの人気魚種メジナを釣りに行ってタイやヒラメが釣れても、外道だから釣果に数えない。まさか旬の大ダイを海に戻すことはないだろうが、小アジやサバなどの「雑魚」は捨てて帰ることが多いという。

何年たっても釣り初級者の私にとっては、釣れるものはすべて本命。みな持ち帰ることにしている。「もったいないから」だけではなく、上級者が捨てて帰る雑魚に思わぬ美味が潜んでいるからだ。

ベラの仲間でキュウセンという魚がいる。二十～三十センチほどの細長い魚で、雄は鮮やかな黄緑色、雌は黄褐色に黒ストライプのきれいな魚だ。夏の磯や防波堤で良く釣れ、四国の実家ではもっぱら煮て食べていた。刺身にしても美味い。関西では人気魚種

キュウセン

の一つで、レシピ本には焼いて南蛮漬けにするのがお勧めと載っていた。市場にも普通に出回り、時にはタイを上回る値がつくこともあるという。

それが関東では外道扱いされ、釣れる先から捨てられると知ったのは、横浜に移り住んだ二十数年前のこと。表面のぬめりが強いのと、熱帯魚に似ていてかわいいので食べるに忍びない、というのが主な理由らしい。食べもしないで外見や触感で判断する理不尽な扱いに憤慨したものだ。

実家のある愛媛県八幡浜市は、みかんと漁業の町だ。ただし、わが家は山間地にあるので、海は潮干狩りと海水浴に行く程度。海釣りを教えてくれたのは高校時代の同級生だった。

友人は実家の隣町・三瓶町の漁村に住んでいた。原内信光といい、父親は船乗り、母方の祖父は漁師という海の子だった。祖父の家は路地をはさんで向かいにあり、祖父宅の一室を勉強部屋にしていた。初めて訪れたのは、高校の部活・マンドリン部の夏休み合宿の時だったと記憶する。

原内は兄からクラシックギターを習い、高校に入ったころにはかなりの弾き手だった。音楽家を目指しており、高校入学と同時に新たにピアノを習い始めた。最初からピアノを学べばよかったのだが、漁村には教える人がいなかった。

部活としてはギターパートがあるマンドリン部を選んだ。マンドリン部の夏合宿は泊まり込みで、会場は顧問の先生が毎年探していたようだ。顧問から相談を受けた原内が、自分の通った小学校の校長先生に掛け合い、体育館を練習場兼宿舎として使わせて貰えることになった。ただ、問題は当時のマンドリン部は女子部員ばかりで、原内が初めての男子部員だったことだ。

社交的で物怖じしない性格だったが、さすがに女子ばかりの合宿に一人で加わるのは心細かったようで、部員でもない私に助けを求めた。たまたま同じクラスになり、弾けもしないのにギターを持っていると話したのが運のつき。合奏の何たるかも知らないまま入部させられていた。

合宿は一泊二日だったが、私はその前後、小学校のすぐそばにある原内宅に泊まり、素潜りと船釣りを教わった。部活のほかに「海の強化合宿」をしたのだった。

原内の祖父は当時八十歳くらいだったと思う。小さな伝馬船に重油エンジンを付けた「ポンポン船」で建網漁をしていた。

建網漁は、幅一、二メートルの長い網を海底に立つように這わせ、根魚やエビなどを獲る漁法で、前日仕掛けた網を翌朝回収する。原内は、体力の衰えた祖父に網揚げの手伝いを頼まれる事があった。合宿した夏、私も同乗させてもらった。

まだ明け切らないうちに漁港を出て二十分ほどで漁場に到着する。浮きを目印に網を手繰り寄せ、爺さんの指示で我々が網を揚げる。一番の獲物のイセエビやアワビも掛かっていたが、多かったのはカサゴやアイナメ、キュウセンなどの根魚だ。網の最後に体長一メートル近くある赤魚が揚がった。

巨体に驚いた私が思わず「タイじゃ、タイじゃ。今日一番の高級魚じゃ」と声を上げると、爺さんは「タイはタイでもコブダイじゃ。身がぶよぶよで、すり身にしかならん。ジュース代にもならんじゃろ」と笑った。

それからも、夏休みごとに友人宅で「合宿」し、手伝いではなく友人の操縦で船釣りをした。伝馬船だから櫓が付いていて、ごく近い場所や漁港内では櫓で操船する。私はゼロから漕ぎ方を教わり、合宿のあった夏のうちに櫓を使えるようになった。漁師の船釣りは竿を使わず、木枠に巻いた仕掛けで直接やり取りする。獲物は建網と同じキュウセンなどの磯魚だ。自分で釣った外道グルメの数々が、夕飯の食卓を飾った。

隠れた美味には毒を持つ魚も多い。フグは別格として、ひれに毒があるアイゴ、オニカサゴ、オコゼ、さらに、かつて私が忌み嫌ったゴンズイも隠れグルメに入っている。ゴンズイはナマズの仲間で口ひげがあり、幼魚のころは数十匹で「ゴンズイ玉」をつくる。背びれと胸びれに毒針を持ち、刺されると激痛が走る。海水浴場や磯にもいて、私も何度か刺されたことがあった。

この魚の獲り方や調理法は、作家岩本隼さんの『ゴンズイ三昧』という本で知った。

岩本さんは物書き、翻訳などの仕事をしながら毎年二カ月ほどの夏休みを捻り出し、房総・館山の漁村で季節漁師になった本格派で、漁師体験の余禄としてゴ

ゴンズイ

ンズイを覚えた。ゴンズイは、竿で釣るより籠で獲る方が効率が良く、タコ籠にオキアミなどを入れ堤防わきに沈めておくと一度に何十匹も入るのだという。

料理は、何と言っても味噌仕立てのゴンズイ汁だ。調理法は、毒針をハサミで切り、ぬめりを取って内臓を抜くだけ。沸かした湯に適量のゴンズイを入れ、火が通ったら味噌を加える。沸騰する前に薬味のネギを加えれば完成。出汁はゴンズイから出るので不要だ。しっとりした白身と味噌が絶妙にマッチする。さらに収穫期の新カボチャを入れると、ほどよい甘味が加わり「息もつかずお代わりを重ねる」絶品になるというのだ。

ゴンズイ汁

ゴンズイは私の住む横浜方面では流通せず、食べるなら自分で釣るしかない。外道釣りから海釣りに入った心に火が付いた。

私の釣りのフィールドは三浦半島の先の城ヶ島から大磯あたり、相模湾の漁港や地磯だ。ゴンズイは夜ならどこでも釣れる。たくさん釣れるのは夏だが、旬は魚の臭みが取れる秋。味は格別だし、危ない毒魚を自分で捌くのも楽しかった。九月から十月のゴンズイ釣りは私の年中行事になった。

その後眼を悪くして釣行は減っていたが、昨年秋、思い立って三浦半島へ出かけた。潮回りが良かったのか運が良かったのか、短時間で十数匹の釣果に恵まれたのだが、好事魔多し、思わぬ失態が待ち受けていた。釣り場を片付けていて足を滑らせ海に転落したのだ。幸い足が立つ場所で命に別状はなかったが、全身ずぶ濡れになりスマホも浸かった。電話帳を救出できず、本体を買い替えデータを一から入れ直すはめになった。

それに加え、帰宅後の調理でも思わぬアクシデントが発生した。切り落とした毒針がまな板に残っていて右手に刺さり、一晩中激痛に苦しんだ。翌朝一番に皮膚科に駆け込んだのだが、診察した医者に「こんなに見事に刺さった例は見たことがない。写真に撮らせてくれ」と言われ涙目で同意した。痛みを何とかして欲しい一心で、愚痴を言う元気もなかった。

以前から私の「ゴンズイ三昧」を冷ややかに見ていた妻には「いい加減やめたら」と言われた。私も毒針には十分懲りたし、もっともだと思うのだが、後を引くあの味には未練が残り、決心がつきかねている。

富山の売薬

〽越中富山の反魂丹
　鼻くそ丸めて万金丹
　　それをのむ奴ぁあんぽん丹

子どものころ、実家の居間の押し入れに真っ赤な薬箱があった。中には丸薬や粉薬、水薬が十種ほど入っていた。私は雨の日以外は外で遊び回る自然児で、おかげで健康に育ったのだが、元気な反面生傷が絶えず、腹痛や風邪を患うことも多かった。そんな時に世話になったのが箱の中の置き薬だった。

薬箱は富山の売薬さんの備品で「預箱」と呼ばれた。売薬さんは毎年冬ごろにやって来て箱を点検、使った薬の代金を受け取り、薬を補充して帰って行く。わが家は客の一軒だったが、同時に売薬さんを泊める「宿」にもなっていた。父の戦友の米沢八作さん

売薬の装束

が高岡市で売薬業を営んでおり、頼まれて宿を引き受けたのだと聞いた。

売薬さんは二週間ほど逗留し、何段にも重ねた柳行李を背負って近在の得意先を回る。交通手段はバスと徒歩だったが、米沢さん支給の自転車も活躍した。自転車はわが家に据え置きで、売薬さんが仕事を終えて帰郷した後は家族が使わせて貰った。私はお土産の風船が楽しみで、売薬さんの来訪を待ち侘びたものだ。

売薬は一言で言えば薬の行商で、奈良、滋賀、越後、佐賀など各地にあった。乙女らが売り歩く越後の「毒消し売り」は夏の風物詩で季語になっている。そんな中で、なぜ富山が全国を席巻し、売薬の代名詞とまで言われるようになったのか。私は富山の売薬資料館を訪ねた。

預箱や行李、携行品

富山県は国内最大級の医薬品製造県で「薬都」と呼ばれる。売薬資料館は薬都の中心に位置する呉羽山の山麓にあった。売薬の主製品だった「反魂丹」の作り方から売薬さんの持ち物や旅道具、史料など三千点が収蔵されている。入り口近くには大きな金属製の日本地図があった。行商人が行き先ごとに組織する「仲間組」の江戸末期の分布図で、松前藩から薩摩藩まで二十二組、総計二千二百九十人が全国を歩き回っていたことがわかる。

実家に来ていた高岡の売薬さんはどこの組織かと学芸員に尋ねると売薬の来歴から話してくれた。

藩政時代の越中の国は富山藩のほか加賀藩の直轄領があった。売薬を奨励し全国に知らしめたのは富山藩だが、加賀藩領内でも売薬が行われ、高岡はその中の一グループだという。ただ、商売のやり方は似ていて一般には「富山の売薬」として同一視されているようだ。

富山売薬は、富山藩第二代藩主前田正甫《まさとし》によって始められた。加賀百万石から分封された富山藩十万石は、財政基盤が脆弱で、正甫は産業育成に腐心した。元々医薬への関心が高く各地の名医を招いて学問の吸収に努めていたが、岡山の藩医から家伝の秘薬「反魂丹」の製法を教えられ、自藩の薬種商に製造させた。

元禄三年（一六九〇年）のことである。正甫が江戸城に参内した折、福島三春藩主・秋田輝季《てるすえ》が腹痛を起こした。正甫が印籠から反魂丹を取り出し飲ませたところ、たちどころに平癒した。それを見ていた諸国の大名が自領で販売して欲しいと懇請。正甫は藩内に「他領商売勝手」を発布し、売薬を奨励した。おかげで反魂丹は全国に広まることになった。これが世に流布されている富山売薬草創の物語である。

富山の売薬が成功を収めた主な要因は、薬効・品質の高さと「先用後利」と呼ばれる販売システムだ。訪問先に商品を置いて先に使って貰い（先用）、次の訪問時に集金（後利）するもので、再訪するまで販売収入がなく、また集金も必ず貰える保証がない高リスク商法である。それを支えたのが「懸場帳」と呼ばれる顧客台帳だ。帳面には薬の販売履歴や訪問日時、家族構成、嗜好、さらに地域の経済状況なども記録する。通常の行商が不特定の消費者を相手にするのに対し、懸場帳でつながる固定客と長く取り引きする。懸場帳の中身の深さは顧客との関係の深さでもある。何代も続く顧客と売薬は、親戚同様の付き合いになることもあったという。

富山売薬を語る時、必ず出てくるお土産・進物品は、強力な販促アイテムだった。江戸から明治にかけて人気があったのは多色刷りの版画で、内容は役者絵や流行、世相、戦争物など。情報の少ない山村などで特に喜ばれた。進物最盛期と言われる昭和初期には、高級品の九谷焼の茶碗や若狭塗の箸が登場した。その一方、実用的な暦や氷見の縫い針、子ども向けには紙風船など、品目は多岐にわたった。

土産品で特殊だったのは昆布である。富山には蝦夷地と京都・大阪間の物流を担った北前船の寄港地があり、蝦夷地から昆布がもたらされた。藩内での消費も多かったが、売薬の土産品としても使われた。昆布が最も喜ばれたのは日本の南端にある薩摩藩だった。

当時薩摩藩は琉球を支配し、琉球を通じて中国

お土産の紙風船（写真はいずれも広貫堂で）

（清国）と密貿易を行っていた。中国では風土病が流行っており、ヨードが効くといわれたが、中国では良質の昆布は産出せず、高値で取り引きされていた。それに目を付けた薩摩藩は、売薬商人に藩内での商売を許す代わりに昆布を上納させた。昆布は上納以外にも取り引きされるようになり、売薬商人は薩摩に昆布を売り、代替物として中国の貴重な薬種を手に入れる、という双方向の流通ルートが出来た。この交易で蓄えた薩摩藩の富が明治維新の原動力になったという。

冒頭に掲出した「越中富山の反魂丹」は昔からある地口で、私は意味も分からず聞き馴染んでいた。売薬業最大手の広貫堂によると、正式には

〽世の妙薬と言えば、越中富山の反魂丹、それにひきかえ鼻くそ丸めて万金丹、そんなの呑む奴あんぽんたん

というのだそうだ。万金丹は古くから知られた伊勢の万能薬で、伊勢参りのお土産として人気を博した。ゆえに偽物も多かった。確たることは分からないが、後発の富山売薬が反魂丹を売るために相手を揶揄した口上だろうという。上品ではないが、コマーシャルソングとすれば中々のものである。

売薬資料館と広貫堂を見学した後、私は黒部の兄を訪ね、そこで思わぬ話を聞くことが出来た。兄は昭和三十五年に高校を卒業しＹＫＫに就職した。赴任の道中高岡に立ち寄り、米沢さんを訪ねた。父に言われて挨拶に行っただけなのだが、米沢さんは戦友の息子が富山に就職することを喜び、自宅に泊めて歓待してくれた。米沢さんには、後に仲人をしてもらうなど長く好誼を受けることになった。

兄が驚いたのは、米沢さんの部下にあたる売薬さんからも接待を受けたことである。顔を覚えている程度だったが突然連絡があり、自宅に招いてくれた。富山は家と仏壇に費えを惜しまない土地柄だが、米沢さん宅に劣らぬ豪邸の座敷に座らされ、漆器に盛られた山海の幸が並べられた。四国の田舎料理しか知らない十八歳は豪華さに圧倒され、味も判らないまま、ほとんど食べ残したよ、と言って笑った。

話は初耳だったが、これが顧客との絆を何より重んじる売薬のもてなし方かと感じ入ったのだった。

土用鰻

鰻丼

今年は土用の丑の日が二回ある。一の丑が七月二十日、二の丑が八月一日。わが家はみな鰻好きで世間並みに土用鰻を食べるが、悩ましいのは昨今の鰻の高騰だ。店屋物もパックの蒲焼きも、数年で倍近くに値上がりしている。土用の丑が二回あれば二度食べるので、今年は出費が約四倍になる。妻のぼやきが聞こえてきそうだ。

生まれてから十八年暮らした実家では、鰻は父親が釣ってくるものだった。父は広く浅く何にでも関心を持ち、ほどなく飽きる人だったが、釣りに関しては終生熱心だった。実家は、主作物のみかんのほか、自家消費用に米や野菜も作り、盆と正月以外は休みがないはずなのに、夏の間、毎週のように鰻釣りに出かけた。

父の鰻の釣法は普通の釣りとはだいぶ違っていた。

一番多用したのは「穴釣り」だった。竿は一メートルほどの細竹で先端も手元も切りっ放しの棒状。曲がりの強い鰻鉤を道糸に結び、餌を付けて竿先に掛ける。それを鰻の潜む川岸や岸壁の穴に差し込み、竿だけ引き抜いて当たりを待つ。鰻が食いつけば糸をしゃくって合わせ、緩まないよう手早く手繰って穴から引っ張り出す。単純だが、一番確実なのだと言っていた。

主な釣り場は山一つ越えた宇和海の小河川の河口や漁港だ。自宅は標高三百メートル近い山間地、海までは一時間ほど歩く。帰りは登り坂なので倍近くかかる。時には自転車を使ったが、帰りは押す事になり、歩く以上に苦労した。当時は既に原付バイクが市販されていたので家族はバイクを買えと勧めたが「事故が怖い」と頑なに拒んだ。

その代わり、集落にまだ三台しかなかった四輪トラックを買った。父は免許を持っていないから、運転するのは長兄である。釣行の送迎を期待してのことだ。兄は、最初は要望に応えたようだが、断ることが増え、「せっかく車を買ってやったのに、なかなか車を出してくれん、となじられたよ」と苦笑した。

捌いた鰻

父の釣りの腕前はよかったと思う。誘われて何回か同行したが、一匹も釣れない「坊主」はほとんど無かったと記憶する。時には二十匹近くも釣って来たことがあった。食べ切れないため、半分ほどを魚籠に戻し井戸で活かしておいた。捌くのは母の仕事だった。ぬるぬる逃げ回る鰻を、一メートル余の専用まな板に目打ちで固定、小出刃一本で見る見るうちに捌いていく。西日本なのに捌き方は関東流の背開きだった。

父の釣りの比重は、趣味一割、実益九割くらいだったと思う。そのころの実家の主要なタンパク源は行商の魚と、地元で「くずし」と呼ぶ蒲鉾や竹輪などの練り製品だった。くずしは町で買うのだが出かけるのが大変だ。魚屋は週に一度ほどやって来るが、いつ来るかは判らない。そもそも鰻は田舎では流通しておらず、食べるには自分で獲るしかなかったのだ。

釣った鰻は、自分で食べるより子どもに食べさせたがった。「滋養は鰻が一番じゃ」と言い、富山に就職した次兄の健康を気遣って砂糖をまぶした鰻の白焼きを何度か送ってやったそうだ。私が子どもを連れて初めて帰省したお盆には、孫のためにと何日も前から釣って活かしておいた鰻を、存分に振る舞ってくれた。

高校を出て実家を離れた私は、鰻とは縁遠い生活になった。貧乏学生が食べられる鰻丼はなく、社会人になった後は忙しくて食に関心を向ける余裕がなかった。鰻の味を思い出したのは二度目の転勤で赴任した名古屋だった。

鰻の大産地浜松に近い名古屋は昔から鰻の名店が多い。名古屋発祥の「櫃まぶし」や、ちょっと贅沢な「中詰め」などを知り、土用鰻を食べる習慣もできて今に至る。その幸せな習慣を脅かしているのが昨今の鰻の高騰なのである。

世界で初めて鰻の天然卵を発見した東大名誉教授の塚本勝巳さんによると、鰻は太平洋マリアナ諸島沖で産卵する。孵化した幼生は、黒潮に乗って北上、日本近海でシラスウナギに変態し各地の河川を遡上する。その後五〜十年かけて成熟した鰻は川を下り自分の生まれた南の海を目指す。

鰻の高騰は、養殖用のシラスウナギの不漁が原因で、昭和五十五年ごろには五十トン近くあった漁獲量が、ここ数年は五〜十数トンに激減した。不漁の原因は乱獲と環境破壊で、平成二十六年に絶滅危惧種に指定された。そんな中で鰻の食文化は守られるかどうかが、現実問題として突きつけられている。

　解決策として、塚本さんは秋田特産のハタハタが三年間の禁漁で劇的に復活した例を引き、鰻の成魚の禁漁を提案する。もう一つ、切り札と目されるのが採卵から成魚まですべてを人工で行う「完全養殖」だ。

　養殖の研究は着々と進み、平成二十二年には水産総合研究センターが世界初の完全養殖に成功、現在は生産コストの引き下げが課題になっている。塚本さんは、完全養殖は必ず商業化できるとみているが、当面は禁漁による資源回復が一番の特効薬だと言い、鰻好きに十年間の辛抱を求めている。

　私は塚本さんの意見に共感する者だが、今年は既に蒲焼きの冷凍パックを確保しており、残念ではあるが、保護問題は来年以降のテーマになりそうである。

鰻（養殖）

戦争の記憶

ラバウルから引き揚げてきた父の土産は椰子の実二つだったという。四年に及んだ出征の後、身一つで復員した父が椰子を土産としたのは、食糧不足の日々、ジャングルで苦労して手に入れた野生の椰子やパパイヤが命綱だったからだと思う。
椰子は最初三個あった。留守宅には三人の子が待っており、数を合わせたのだろう。しかし、引揚船を下りる際、土産を持ち出せなかった戦友にせがまれ一つ分けてやったという。数は減ったが、二つの椰子はきょうだいの喉を潤し、帰還を祝ってくれた親類縁者にも南洋土産として喜ばれたのだった。

父・井上義夫は昭和十七年八月に陸軍歩兵として召集され、香川・丸亀の連隊に入った。太平洋戦争が始まって半年余り、日本軍は真珠湾奇襲の余勢を駆って東南アジアからオセアニア方面にかけて戦域を拡大。石油やボーキサイトなどの資源確保を主目的としてフィリピン、香港、インドネシアなどを占領した。

米軍を主力とする連合国軍の反攻に備え、赤道直下ニューブリテン島のラバウルをオーストラリアから奪った。ラバウルは日本本土から南へ五千キロ、ニューギニア島の東に位置し、オーストラリアにとってはアジア方面への出口に当たる。米軍の反攻ルートとも想定される激戦必至の地へ、父は送られたのである。

井上義夫二等兵（出征前自宅で）

連合国軍の反攻は程なく始まり、予想通り激しい戦いが繰り広げられた。動員兵三万のうち二万人が死んだガダルカナル島争奪戦やニューギニアでの戦闘など、各地で多くの犠牲者を出した。兵士の履歴書に当たる兵籍簿によると、父は機関銃部隊などに所属、四次にわたる「ビスマルク戦」に参加したと書かれている。

父は自らの戦争体験を詳しく語らなかったが、戦場で怖いものが三つあったと言っていた。まず「機銃掃射」、続いて「マラリア」、三つ目は「古参兵」だった。

一つ目の機銃掃射とは、機関銃の連射のことだ。飛行機による地上攻撃は爆撃機による空爆が主だが、空爆より怖かったのは戦闘機の機銃掃射だったという。

爆弾は、破壊力は大きいが、個々の兵を狙うものではないから、そうそう当たることはない。しかし、機銃掃射は照準器で狙って撃つので当たる確率が高いのだという。父は「アメさんの機銃掃射はしつこうてのう、物陰に隠れてやり過ごしても反転してまた撃ってくる。飛行機の速度は速いし、逃げ切れずやられた人も多かったんじゃ」と言っていた。

二つ目のマラリアは、ハマダラ蚊が媒介する原虫による感染症で、ラバウルに限らず熱帯では人間の天敵のような存在だった。キナの木から作るキニーネという特効薬が当時もあったのだが、製造が間に合わず、いつも不足していた。感染すると四十度を超える熱にうなされ体力を消耗する。栄養不足も重なり多くの兵隊がバタバタ死んでいったという。

三つ目の古参兵は古兵ともいう。先に部隊に入った先任兵士のことだ。それに対し、着任が一番新しい兵は「初年兵」「新兵」と呼ばれる。父は階級が一番下の二等兵として赴任した初年兵だった。

初年兵は上官にも古兵にも絶対服従。古兵は初年兵を指導する立場だから、たとえ相手が年下でも「殿」づけで呼ばねばならない。古兵は「鍛える」と称して自分たちの炊事、洗濯などを押しつける。ミスをしたり態度が悪かったりするとたちまちビンタを喰らう。口答えをすれば往復ビンタ、時には目が合っただけで殴られた。

太平洋戦争の末期、軍隊は消耗が激しく、常に新兵を補充する必要があった。そのため赤紙と呼ばれる召集令状で徴集し、戦場へ送った。次の新兵が来ればそれまでの新兵は古兵になり、階級も上がった。昇進のタイミングは半年から一、二年ほど。父も人並みには昇進したようで、軍隊での最終階級は下から五番目、下士官の伍長だった。

妖怪漫画家の故水木しげるさんは、父より一年遅い昭和十八年にラバウルへ派遣されたそうだ。水木さんの戦場体験は『水木しげるのラバウル戦記』などの漫画作品に残されており、古参兵にいじめられた話がいくつも出てくる。

応召時、南洋方面の制海権はすでに連合国軍に握られており、ラバウルへ向かう輸送船のほとんどが撃沈されていた。水木さんの船は、ラバウルにたどり着いた最後の輸送船で、後続が来ないからずっと初年兵だった。体が大きいうえ、行動がマイペースだったため古参兵に目を付けられた。毎日あんまり見事に殴られるので「ビンタの王様」というあだ名がついたそうだ。

兵隊というと戦闘ばかりが思い浮かぶが、食糧や水の確保といった仕事もあった。特にラバウルでは軍をあげての食糧自給が行われていた。

自給自足を主導したのは陸軍第八方面軍司令官の今村均中将（のちに大将）で、今村は、早くから戦争の帰趨を予測し、将兵がいかに傷病無く戦い抜くかを考えていたという。一つは堅牢な地下要塞の構築で、もう一つが食糧の自給だった。そのため一週間を三つに分け、軍事訓練、陣地構築、農耕に二日ずつ充てた。残り一日は予備日とした。

農耕は、畑の開墾に始まり、種まきから収穫まで空襲の合間を縫って続けられた。ラバウルには四季がなく作物は通年収穫できる。主要作物はサツマイモやタロイモ、トウモロコシなどだった。

タンパク源は魚や野生の豚、鳥やトカゲなど。量はもちろん栄養的にも不十分だが、途絶えがちな本土からの補給に頼らなくて済んだことは重要で、十万人いたといわれるラバウルの将兵のうち、七万人が生きて終戦を迎えられる大きな要因になった。

父の場合、栄養不良がよい方向に働いた。戦争も末期に近づいたころ、ビタミン不足で脚気にかかり体を動かすこともままならなくなった。父は死闘の続くビルマへの転戦が決まっていたのだが、脚気を知った上官が「その体では使いものになるまい。ここに残って軍馬の番でもしておれ」と異動を取り消してくれたという。

父が戦場にいる間の「銃後」の話は、母と兄姉から聞いた。留守宅は母と祖母、曽祖母、きょうだい三人の六人暮らしだった。きょうだいは終戦の年に、九歳、七歳、四歳。母と祖母が農作業を担っていたが、昭和十九年の年末ごろから空襲が本格化し、畑仕事の最中に敵機を見ることが増えたと言っていた。

愛媛県でも宇和島や今治、実家に近い川之石の工場や軍事施設に被害が出た。田畑に爆弾を落とすことは無かったが、米軍機が上空を往来する際、機銃掃射を受けた。防空壕など無いから、みかん畑に駆け込み、よく茂った古木の陰に隠れた。国民学校に通っていた長兄秀俊と長姉俊子は、校庭で運動中空襲に遭遇した。学校中がパニックになる中、九歳の兄が七歳の妹の手を引いて学校林に逃れ、事なきを得たという。

父は終戦後、捕虜生活を経て昭和二十一年五月に復員した。それに先だって留守宅ではちょっとした事件があった。父の戦死公報が届いたのである。

それには「何月何日、どこそこにて戦死」と書いてあった。公報は紛失してしまい詳

井上義夫の兵籍簿。「戦死ノ公報アリシモ帰還セリ」の付箋が貼られている

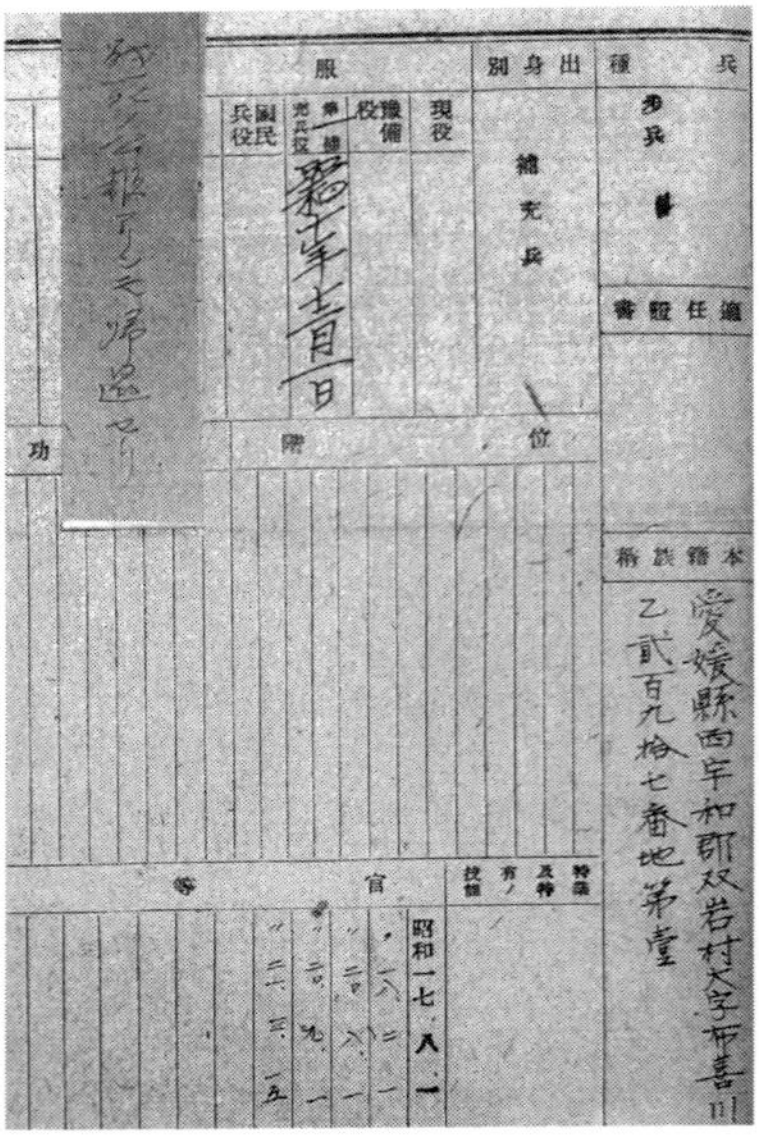

細は分からない。一緒に届いた白木の箱には遺骨ではなく砂が入っていた。母は受け取ろうとしたが、俊子が凄い勢いで泣きわめいた。

「父ちゃんは死んどらん。骨箱を受け取ったら父ちゃんは戻んて（戻って）来られんようになる」

どういう理屈か意味不明だが、あまりの剣幕に驚き、白木の箱は隣の集落にある寺で預かってもらうことになった。

当の姉が話してくれたのだが、母が涙も見せずに戦死公報を受け取ろうとしたのには訳があった。公報に書かれた死亡日より後の日付の手紙が少し前に届いていたのである。母や長兄はそれを根拠に、父の生存を確信していた。しかし軍の正式文書を蔑ろにすることも出来ず、やむを得ず受け取ったのだった。

復員した父は母から事の顚末を聞かされ、笑い話になったが、姉のいじらしい行いについては「俊子が泣いて受け取るなと言うてくれたけん、父ちゃんは戻んて来られた。

俊子は命の恩人じゃ」と、何度も何度も褒めたという。白木の箱は、預けっぱなしにする訳にもいかず、葬式の形で供養してもらった。自分で自分の葬式を出した父はどんな気持ちだったろう。

父の受難はもう一つあった。わが家には戦前四町歩余りの田畑があり、父の出征で耕作できなくなった分を小作に出していた。地主から農地を取り上げる新農地法は三町歩以上が対象で、それを上回るとして没収宣告を受けたのである。わが家は小作料でのうのうと暮らした不在地主とは違う。大半を耕作し収穫の中から供出米も出していた。帰国して知った父は、伝手を頼って懸命に訴え、何とか取り戻したという。

銃後の話をもう一つ、富山で聞くことが出来た。次兄三郎の義理の母、三日市みしゑが東京から疎開してきた国民学校の児童らの世話をしたというのである。

黒部の生地地区に疎開したのは大田区の南蒲国民学校の五年生。男子四十六人、女子二十二人が、昭和十九年八月から二十年十月まで二つの寺に分かれて生活し、地元の国民学校に通った。

中心になって子どもを世話したのは専念寺という寺の住職で、もう一つの寺・戒光院にいた女子児童の世話をしたのが寮母のみしゑだった。米どころ富山とはいえ、当時は

黒部に疎開した国民学校の女子児童ら
（中段左端が三日市みしゑ）

深刻な食糧難、住職が檀家を回って食べ物を集めた。義母は調理の心得があり、工夫を凝らして子どもたちの食を守った。

慣れない雪国での生活。男子の中には長靴が足りず裸足で雪踏みをした子がいたり、寮を逃げ出す子がいたりした。女子の中にはホームシックになって夜に泣く子もいた。義母は児童らを家族同様に世話し、子どもたちは「寮母さんはいつも優しかった。おこわを食べさせてもらったりして食事がおいしかった」と語っていたという。

その後、昭和五十年に住職が亡くなり、同級生数人が各地から葬儀に参列。それがきっかけで疎開仲間の「生地っ子の会」が結成され、以後五年に一度生地を訪れるようになった。同級生らは、疎開三十年を記念して植えた黒松と記念碑がある専念寺を訪問、兄一家と同居する義母も訪ねて親交を重ねた。

交流は義母の死後も続き、その様子が新聞の地方版で紹介された。載せたのは私が勤めていた新聞社で、私は同僚に親戚の記事を「抜かれた」ことになる。

切り抜きを見せてくれた義姉信子は「こんな話が新聞ダネになるとは思わなかった。あんたに知らせないで悪かったねえ」と済まなそうに言った。しかし、私が先に知ったとしても身内の話を記事にすることはなかったろう。書いた記者に会ったことはないが、記事の形で記録を残してくれた事に感謝している。

義母は平成十九年に九十一歳で亡くなった。兄宅の仏間には義母と夫與三吉の遺影が並んで飾ってある。與三吉は召集されて海軍に入り、終戦直前の昭和二十年七月、フィリピン・レイテ島沖で戦死した。届いた白木の箱には小石が一つ入っていたという。

召集当時、学校に上がるかどうかだった信子は、父親の記憶がほとんど無い。遺影は軍服姿で凛々しいが、写真が無かったため筆で描いてもらったのだという。

姉は「本当にこんな顔だったか私には分からない。でも、これが待ち続けた父だと思って手を合わせているのよ」と、しみじみ語るのだった。

敗戦の日から、今年で七十三年になる。

獺祭忌

ユーラシアカワウソ（よこはま動物園ズーラシア）

昨年八月、テレビに衝撃的な映像が流れた。絶滅したはずの「カワウソ」が長崎県の対馬で発見されたと伝えていた。琉球大学の調査カメラに偶然写っていた。本当なら三十八年ぶりの復活という大ニュースである。環境省やカワウソ研究者が直ちに緊急調査に入った。

ＤＮＡ鑑定を含めた二カ月間の調査の結果は「対馬には少数のカワウソが生息している。しかし日本固有種のニホンカワウソの可能性は低く、近縁のユーラシアカワウソが朝鮮半島から流れ着いた可能性が高い」というものだった。

ニホンカワウソが最後まで生息していた南西四国出身の私にとって、研究者らの結論は期待していたものとは違っていた。しかし、固有種ではなくとも、日本に野生のカワウソが生息していること、そしてカワウソの生息できる環境が日本にも残っていたということは十分に意義のある大きなニュースだった。

ニホンカワウソはイタチの仲間でラッコやテンなどの近縁種だ。かつては日本全土に分布していたが、明治以降の乱獲と、開発に伴う環境悪化で急激に減少した。カワウソが狙われたのは毛皮のせいだ。

ラッコとともに水中生活に特化したカワウソの毛皮は二層構造になっている。防水、防寒性に優れ、明治時代から広まった外套の襟などに使われた。軍事的には寒地での軍装の格好の素材であり、また輸出品にもなった。昭和三年に狩猟獣指定が解除されたが、そのころには既に回復困難な状況になっていた。

保護の動きが始まったのは戦後のことだ。昭和三十六年、愛媛県が天然記念物に指定。昭和四十年には国の特別天然記念物に指定された。しかし状況は好転せず、昭和五十四年、高知県須崎市の新荘川で写真撮影されたのを最後に、確認可能な生存情報は途絶える。平成二十四年、環境省はニホンカワウソを「絶滅種」に指定した。

私はかつてカワウソの生活圏に住んでいたが、実体験としての記憶は「音」だけだった。

幼少から小学校時代、夏の数日間を隣町・宇和町の母の実家で過ごすことが多かった。町内を貫流する宇和川は、川霧が海に流れ出す「肱川嵐」で知られる肱川の上流にあたる。私はここで従兄弟に泳ぎを教わった。従兄弟は男ばかりの四人兄弟で、長男の首にしがみついて川を渡ったのが泳ぎの初体験だった。

何歳の時だったか、夏越の夜、宇和川べりを歩いたことがある。茅の輪くぐりの後、伯父に手を引かれ橋を渡っていると、川面で「ボチャン、ボチャン」と音がする。怖くなってしがみつくと、伯父は「あれはのう、カワウソが跳ねとるがじゃ」と言った。カワウソが何たるかの説明も聞いたはずだが記憶になく、怖い印象だけが残った。

いまさら調べようもないが、念のため従兄弟に電話で尋ねたところ、カワウソの跳ね音は確かに聞いたことがあるという。ただ、大人たちは「川の深みで泳ぐと、カワウソに引っ張り込まれる」とも言っていたそうで、「カワウソを持ち出すことで、水の怖さを伝えたかったのだろう」と話してくれた。

カワウソにまつわる話は私の故郷八幡浜市にも残っていた。カワウソは淡水、海水どちらでも活動するが、毛皮に付いた潮を落とすために河川や沼などの淡水環境と、ねぐらとする岩場が必要だ。リアス式海岸が続く宇和海はそうした地形が多い。

八幡浜市の離島「地大島」もそのひとつで、竜王池という大池を中心に複数のカワウソが棲息していた。地大島と対岸の三瓶町周木地区は天然記念物の特別保護区の候補になったが、竜王池の埋め立てを計画していた農業者らの反対で実現しなかった。反対の声は漁業者からも出た。周木に住む友人は「漁師にとってカワウソは害獣やったがじゃ」と言っていた。

友人の祖父は建網漁師で、何度かカワウソを捕ったことがあるという。カワウソは網にかかる魚や海老を狙っており、網から外して食べる。外す時に網を壊す。祖父が捕ったのは、要領が悪く網に絡まった個体で、たいていは死んでいたそうだ。

鰻釣りが趣味の父は、周木あたりで釣りをした帰り道、カワウソに遭遇したことがあると言っていた。カワウソは鰻が好物で上手に捕まえるから父にとっても害獣で、良く言うことはなかった。当時のカワウソに対する地元感情は、大方そんなものだった。

カワウソ伝説も各地に残っている。県のデータベースに採録された三瓶町朝立地区の伝説は、次のようだ。

昔、夜更けに川の土手を歩いていた馬方が流れの中に女の人を見つけた。不審に思い見ていると、水藻をひょいと頭にのせる。すると綺麗な島田になった。またひょいと肩にのせると、今度は着物になり、みるみる綺麗な娘になった。

馬方さんは声をかけ、自分の集落へ行くという娘を馬に乗せた。そして「途中で馬が暴れるといけんから」と娘を縄で縛った。家に帰った馬方さんは「エンコ（カワウソ）を捕まえたぞ。早う明かりを」と叫ぶ。そしていろいろ責めたてたが、娘は「私はエンコやありません」と否定しエンコに戻らない。馬方さんは「酒を飲んでいたし、こんなに言うんだから自分の間違いかも知れん」と思い、謝罪した上で縄をほどいた。

翌朝のこと、玄関に魚が何匹か掛けてあった。それからは毎朝魚が掛けてあるので、見張っていると一匹のエンコが魚を持って来るのを見つけ、捕まえたのはやはりエンコだったと悟った。

魚はその後も届き、掛ける古釘が小さく思えたので、鹿の角を鉤として吊したところ、翌日からぱったり届かなくなった。馬方さんは、このことからエンコに引っ張られないためには、やっぱり鹿の角が良いのだなと分かったという。地区に昔、牛馬がたくさんいたころ、手綱や頭に鹿の角飾りを必ず付けていた。子どもが水泳するときのお守りに鹿の角の首飾りを付けてやる人もいたそうだ。

ニホンカワウソの剝製（とべ動物園所蔵）

八幡浜市から西へ伸びる佐田岬半島にも伝説は多い。先端部の三崎町には、小舟で釣りをしていてオソ（カワウソの古名）に化かされ相撲を取った話や、畑仕事の帰り、見知らぬ女人に酒を勧められ、帰宅して気づいたら素っ裸だった、などの話が残る。それらを読んで気づいたのは、これらの話には、酒飲み・相撲・美人など、人間の下世話な要素を多分に含むことだった。怖くても、騙されても、結局笑い話程度。愛着も感じる。カワウソがまだ多かったころの人間との関係性がほの見える。

資料調べをするうち、ニホンカワウソを見たくなった。生きたものには会えないが、剝製なら残っているはずだ。いくつかの資料館にあたり、剝製が常設展示されている愛媛県の「とべ動物園」を訪ねた。

松山に近い同園は、ホッキョクグマの赤ちゃんを日本で初めて人工飼育したことで有名だが、前身の道後動物園時代、世界で唯一ニホンカワウソを飼育したところでもある。動物園はいま、動物を展示するだけの場所から脱却し、種の保存に力を入れているが、戦後間もないころにカワウソの貴重さに気づき、飼育・研究、さらに保護活動にも携わったことは大きな功績である。

とべ動物園には剝製や骨格、冷凍された内臓など全部で十体ほどが保存され、剝製三体がガラスケースに展示されていた。うち二体は、同時期に飼育されていた雄の「四郎」と雌の「松」。松は人間から餌をもらうなど動物園の人気者で、昭和四十四年まで生き、飼育された最後の一頭となった。

標本を見て驚いたことは、カワウソが想像よりずっと大きかったことだ。私はイタチを少し大きくした姿を想像していたが、体長は七十センチ近くあり、尾を加えると百二十センチにもなった。カワウソは尾を支えにして立ち上がるから、遠目だと人の子の立ち姿と見間違えてもおかしくない。私は相撲伝説を信じたくなった。また、標本の毛皮は分厚く強く、乱獲された理由も納得できた。

カワウソは、俳人正岡子規にも関係が深い。

「獺魚を祭る」「獺祭」「獺祭忌」は季語である。カワウソは、捕った魚をすぐに食べないで岩の上などに並べておく習性がある。それが祭をしているように見え、「獺祭」と言った。

子規は文章を綴る時に、資料を身の周りに置き散らかした。それを自ら可笑しんで、自宅を「獺祭書屋」と称した。さらにそれにちなんで子規の忌日を獺祭忌というようになった。よく知られた話だが、俳句を始めたころの私には新鮮だった。帰省のおりに訪れた子規記念博物館が、カワウソと縁の深い旧道後動物園に接していることにも感慨を覚えたものである。

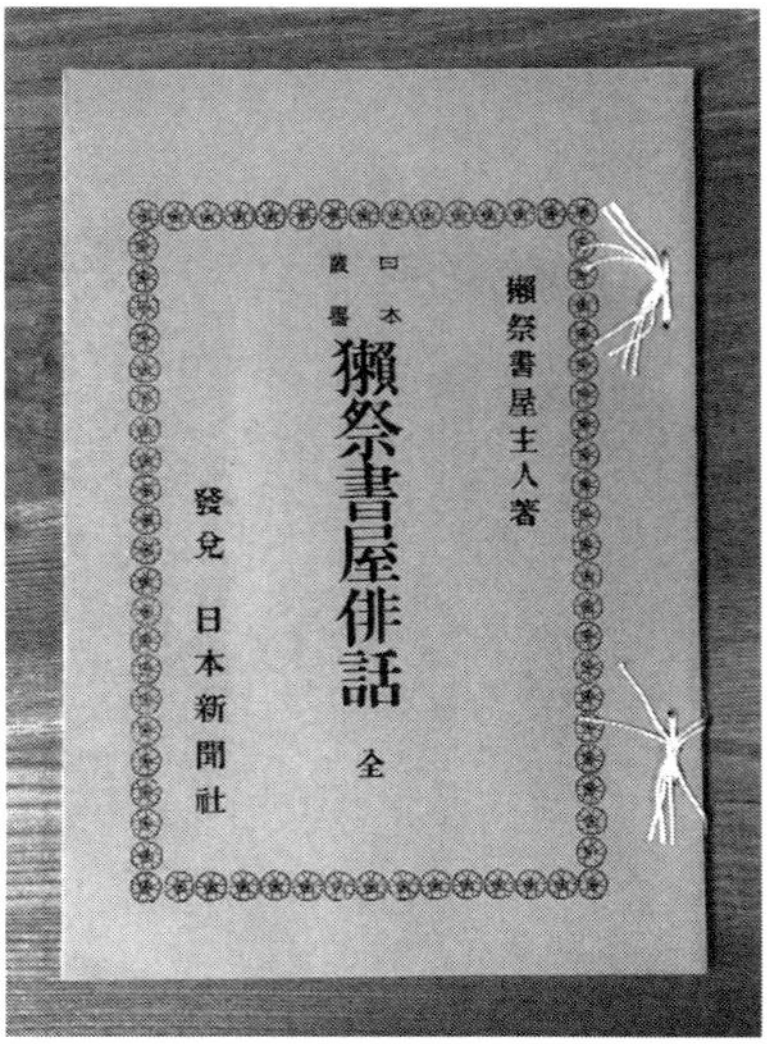

獺祭書屋俳話

さて、カワウソ再発見の出来事は、世間的には収束したようだが、地元ではどうなっているのだろうか。

故郷の愛媛県では、絶滅種指定後もニホンカワウソの探索が続けられていた。四年前には、目撃情報の収集と自動撮影カメラ設置などの調査事業を立ち上げた。現在まで有力な情報は得られていないが、一縷の望みを託し事業は継続中だ。

ニホンカワウソは愛媛の豊かな自然のシンボルという位置づけで、昭和三十九年に「県獣」に指定された。絶滅種になったことで県獣指定は解除されたと思ったが、そのまま継続されていた。絶滅種を県獣として掲げている例は、他にはないそうだ。

ニホンカワウソ最後の目撃地となった高知県須崎市では「しんじょう君」が大ブレークしていた。五年前に生まれた市のマスコットキャラクターで、仲間探しが使命。今でもどこかにいる友だちを探して旅をしている。

一昨年の「ゆるキャラグランプリ」で一位に輝いたことで全国区になり、高知県の観光特使に任命された。その後は各種イベントに引っぱりだこで、パソコン会社とのコラボが決定、アニメ化も進むなど、町おこしの柱になっているそうだ。その人気につられ、ひょいっとカワウソが出てこないか、期待したいものである。

みかん王国

ふるさとを離れて長くなると、帰省のたびに変化があって驚かされる。愛媛名産のみかんについて、ここ数年の間に驚いた出来事が二つあった。

もう二十年も前になろうか、「愛媛のまじめなジュースです」というコマーシャルでポンジュースが全国に知名度を広げていたころ、「愛媛では蛇口からミカンジュースが出る」という都市伝説も広がっていた。

私の故郷だと知って振ってくる話題で、その都度「うん、水とお湯のほかにもう一つ蛇口があってね、ひねると出てくる。料金は水道とは別会計。あと、湯の方は、実は道後温泉のお湯なんだ」とボケで返す。まさか、と言いつつ信じる人が結構いて面白かった。その伝説が現実になっているのを知ったのは去年、実際に見たのは今年五月のことだ。松山空港の正面玄関わきに、ゆるキャラ「みきゃん」の絵柄の「蛇口」が設置されていた。

レジで代金を払ってコップをもらい、自分で注ぐ。一杯三百五十円。濃厚なジュースが程よく冷えて出てきた。蛇口を作った「えひめ飲料」によると、東京などでジュース蛇口が話題になり、会社に問い合わせが相次いだ。期待に応えようと十一年前に製作した。当初は期間限定だったが、旅行客に好評で昨夏から通年営業にしたそうだ。私が訪れた日はウイークデーで客はほどほどだったが、夏休みなどは一日千杯近く出るのだと店員さんが教えてくれた。

蛇口みかんジュース（松山空港）

驚きの二つ目は「みかん王国」愛媛の温州みかんの生産量が、トップから転落していたことだった。しかも、十四年も前からだというのだ。

みかんは中国浙江省から九州に伝わった。「小みかん」という種類で室町時代に紀州和歌山に移植された。紀州は温暖で海に面し、栽培適地だったことから産地として発展。小みかんは「紀州みかん」と呼ばれるようになる。その後徳川家康に献上され、その苗が今度は静岡みかんの起源になった。愛媛では十八世紀末、伊予吉田藩の人が伊勢参りの時に入手した苗から栽培が始まったという。

温州みかんは江戸時代に開発された種無し品種で、後継ぎが欲しい武家社会では嫌われたが、後期になると逆に食べやすさが評判になり、紀州みかんに代わってみかんの代名詞になった。和歌山、静岡、愛媛は「三大生産地」と呼ばれ生産量を競っているが、時代とともに盛衰があった。

まず、江戸以前からの歴史を持つ和歌山が昭和の初めまで圧倒的に多かった。昭和九年の風水害で和歌山が大きく落ち込み、静岡がトップを奪うとそのまま昭和四十二年まで三十年以上首位を維持した。静岡は太平洋に面し、首都圏に近い地の利もある。地位は盤石に見えたが、戦後急成長した愛媛が昭和四十三年にトップを奪う。翌年奪回されたものの、四十五年に再奪取すると平成十五年まで三十四年にわたり首位を守った。

なぜ、愛媛みかんがそんなに伸びたのか。ひとことで言えば和歌山・静岡に劣らない栽培適地だったということだ。特に南予の沿岸部は山が海岸まで迫り、段々畑が多い。夏季には日照りに見舞われる。米作などには悪条件だが、みかん作りには大きな利点となった。

「三つの太陽」という言葉がある。海に面した段々畑は、空から降り注ぐ光、海からの反射光、石垣からの照り返しを浴びる。三つのエネルギーを受けてみかんは育ち、甘さを蓄える。それが美味しさの秘密だという。元々ブランドみかん産地の宣伝文句だったが、県も紹介するなどし、今やＰＲのキーワードになっている。

行政の農業政策も産地拡大を後押しした。戦後の食糧難に陥った国は開墾政策を進めた。昭和三十年代に入ると、高度成長の波に乗ってみかんの消費が急増した。農村の生活向上を図るため、国は商品価値の高いみかんを推奨した。農家は林野を切り開き、かつては芋や麦しか育たなかった段々畑をみかんに転換、山あいの棚田にも苗を植えた。

実家でも流れに乗って作物転換に取り組んだ。もともと果樹園には、梨や柿も植えられていたが、大半をみかんに替えた。開墾も行った。当時は重機など無いから、すべて人力だった。家族総出で弁当を持って山に出かけた。小学校入学前だった私も、卵焼き弁当を目当てに付いていった。開墾直後の畑では、みかんの苗木の間にスイカを作った。ウリ科のスイカは連作障害が出やすい。新開地はその心配が無く、地味も衰えていないので結構な臨時収入になったと聞いた。

みかんは青果農協へ出荷した。三十戸ほどの集落に立派な選果場があった。集めたみかんは大きさの違う穴の開いたドラムの上を転がし、L・M・Sに分ける。品質は目でチェックして「秀」「優」「良」に選別する。オートマチックの機械が珍しく、いつまでも作業に見入ったものだ。木箱に詰められたみかんは、トラックで駅まで運ばれ、貨物列車で京阪神や首都圏へ送られた。

宇和海に面したみかん畑

昭和三十年代から四十年代初頭は、みかん農家の黄金時代だったろう。みかんは作っただけ売れ、収入がサラリーマンの数倍になる農家があった。実家の周りでも、みかんへの転換が早かった順に高収入をあげ、「百万長者」が次々と生まれた。

テレビ・冷蔵庫・洗濯機の「三種の神器」をそろえ、その後は「ステレオ」が農家のブームになった。百万長者のひとりだった父の叔父の家で、床の間に鎮座するステレオから美空ひばりや村田英雄の歌が流れ出るのを神妙に聞いたことを覚えている。車は耕運機と荷車をつないだような「テーラー」からトラック「ダットサン」に変わり、さらに乗用車を買い足す家が現れた。しかし、良い時期は長くは続かなかった。

潮目が変わったのは昭和四十年代の半ばだった。全国的に栽培地域が拡大し、みかんは生産過剰に陥っていた。統計によれば、四十七年には前年より百万トン以上増えて三百五十万トンを突破、販売価格は前年の半値近くまで下落した。生産費にも届かない安値で、みかん農家を揺るがす大暴落だった。

その一方でグレープフルーツの輸入が自由化され、さらに果物の多様化に伴う消費者のみかん離れが追い打ちをかけた。産地は生産調整に追われ、温州みかんから別の柑橘への転換が進んだ。

さて、大産地三県による生産量競争のその後だが、愛媛のあとに日本一になったのは和歌山だった。昭和初期以来七十年ぶりの奪還で、現在も継続中だ。ただ、これには別の事情がある。和歌山の生産量が増えたのではなく、減り方が他県と比べて少なかったのだ。

昭和五十年代以降、温州みかんの生産量は右肩下がりで減り続け、いまや最盛期の五分の一になった。愛媛が二位に転落したのは品種転換のせいだが、結果的には成功をおさめ、伊予柑やポンカンなどを加えた柑橘類全体では首位を占めている。このため最近は「みかん王国」ではなく「柑橘王国」と名乗るようになった。また、静岡は収穫期が遅く新年以降向けの「普通温州」の生産量が日本一を続けており、それを看板にしているようだ。


実家の長兄は今年八十二歳になる。仕事は息子に任せたが、それでも県外に住むきょうだいに毎年みかんを送ってくれる。長兄も父も好奇心が強く、新しい品種を積極的に取り入れてきた。届くみかん箱には新品種もいくつか入っていて、名前が分からないことがよくある。そのたびに電話で聞くのだが、一年たつと忘れている。この際、一気に覚えてしまおうと、お礼の電話をかけるついでに名前合わせをしてみた。

温州みかんを始め、古くからある伊予柑、ハッサク、ポンカンなど、十種ばかりはすぐ思い出したが、甘平、せとか、はるか、はるみ、清見など、兄があげる未知の品種がそれ以上になった。今日本で一番人気が高いのはブランド柑橘の「紅まどんな」で、兄は同じものを品種名の「愛媛果試二十八号」として栽培しているという。ほかにも新種は出てきているが、兄も全部は分からないとのことだった。

子どものころあった柑橘の中で、なくなってしまったのが「カブス」だ。カブスは一般には「ダイダイ」と言われている。スダチなどよりだいぶ大きな実は、酸味が好きな父のお気に入りで、専用のようになっていた。焼き魚にかけ、椀の汁にも搾り入れる。母が作る酢の物にも、さらに搾りかけた。酸味は子どもの天敵だから、私は不思議でならなかったが、当時の父の年齢を越えたころ、父と同じように何にでも酢みかんをかけていることに気づいた。父に似てきたのではなく、父の味覚に達するのにそれだけの時間がかかったのだと思った。

今年も間もなくみかんのシーズンが始まる。兄が送ってくれるみかんは、一番初めが、甘みが強くて酸味もある早生種、その次が大ぶりで甘い中生種「南柑二十号」、最後が年末から翌年にかけて収穫する晩柑類だ。晩柑の中には種入りの品種があり、よくベランダのプランターに植えた。柑橘特有の葉の香りが好きで、アゲハが卵を産みつけるのも楽しみだった。初任地の仙台で買ったレモンの苗とともに、転勤先を持ち歩いた。実生は実らぬと言うとおり、種を蒔いたものは花も付けなかったが、戸建てに引っ越して庭に植え直したレモンが実を結んだ。

このレモンは、店で売っている普通の品種と違って実が紡錘形にならない。青いうちはスダチそっくりで、搾ればおいしい酢みかんだ。年を越すとオレンジに色づくが、甘くはならず、鍋のシーズンには欠かせない存在になった。苗を買ったのは昭和五十七年の十二月。わが家の双子と同い年なので、「双子レモン」と呼んでいる。

一宮神社

改築された一宮神社

故郷の産土「横平一宮神社」は平成二十七年、全面改修された。明治十九年に火事で消失、再建されて以来百二十九年ぶりのことである。わずか二十二世帯七十人の小集落の、世紀の大事業となった。

集落の小高い尾根筋に立つ一宮神社を地元では「お宮」と呼んでいる。無格社だが歴史は古く、元和二年（一六一六年）に三社を合祀したことが大正八年刊行の双岩村誌に書かれている。眺望の良さで知られ、村誌は「双岩八景の一つ、曰く一宮の秋月」と記した。

長兄の話だと、昔は春秋に祭があり、秋の例大祭には神楽なども催されたそうだ。わが家は幟旗の担当になっており、祭のたびに家から長竿を運んだ。大人二人がかりの仕事で大変だったという。小学生の頃だったろうか、米やトウモロコシを爆ぜさせる「ポン菓子屋」が回って来ることがあったが、それも祭に合わせた営業だったかも知れない。

私は物心がついて以来毎年初詣に行っていたが、祭の記憶はなく、集落唯一の平地である境内で遊んだ記憶が強い。

境内はセミ捕りの名所であり、鬼ごっこや野球のフィールドでもあった。昭和三十年代、野球は子どもの人気スポーツで、年の近い者が集まり試合めいたこともやった。境内は幅十メートル、奥行き二十メートルほどしかない。子どもの少ない田舎では普通の野球はできない。やっていたのは「三角ベース」だった。

三角ベース野球で最低限必要な人数は、ピッチャーとキャッチャー、一塁手、二塁手の四人。相手と合わせ八人だが、足りない時はキャッチャーを攻撃側が代替する。それでも足りないと二塁手を省く。球はゴムボール、バットは丸太、球を探すのが大変なので「境内から出たファウルはアウト」とする特別ルール。制約は多いがそれなりに楽しんだものだ。

長兄から神社の改修話を聞いたのは、工事の始まる一年ほど前のことだった。「お宮が老朽化して雨漏りもするけん建て替えることになった」と話し、集落を離れた私などにも寄進のお願いが来ていると言う。私は寄付の手続きを兄に頼みつつ、十八歳で家を出てから四十数年、産土詣でをしていないことを思い出していた。

平成二十五年の春、建設委員会が発足、本殿の屋根の葺き替えから始まり、最大の工事だった拝殿の建て替え、手水舎の建て替え、電灯の設置などを順次行い、ちょうど二年で完了。二十七年三月吉日、改築奉告記念祭が執り行われた。

総費用は千八百万円弱。氏子衆の積み立てのほか、四十数人から八百数十万円に上る寄付があったことが名前を刻んだ石碑から分かった。最高額は五百万円だった。ほかに、延べ百人役の労働奉仕があった。

神社改修の詳細は、建設委員会が完工後に送ってくれたフルカラーの冊子にまとめられていた。普請が進む様子は写真に記録され、神社への敬愛が見て取れる。私は事業を取り仕切る建設委員の一人に甥の名前があったことが嬉しかった。

少し驚いたのは、祭司を行う宮司欄に井上正博という名前があったことだ。正博さんは、中学・高校で同級だった友人の兄で、中学校のすぐ前にある郷社・大元神社の宮司のはずだ。長兄に聞いたところ、神職のなり手がおらず、近隣数社の宮司を兼務されているとのことだった。友人が亡くなって間もないころだったから、お兄さんの名前に反応したのだと思う。

友人は井上正直といい、中学の部活テニス部で一緒だった。夏休みの練習の時だったか、大元神社の石段のうさぎ跳びが辛く、神社脇の彼の家にエスケープした事がある。息の上がった私たちに、お祖母さんが葛湯を振る舞ってくれた。「暑いのに何で」と思ったが、「暑いときこそ熱いもんがええんよ」と言う。汗を拭きつつ頂くと体に甘さが沁みわたり、お年寄りの知恵に感じ入ったものだ。

高校ではともに美術部に入った。私は無才に気づき、早々に脱落したが、正直は地道にデッサンに取り組み、油彩のテクニックも身に着けていった。卒業が近いころ百号の大作を描き上げた。題材は大元神社の神楽の舞だった。「描くべきテーマが見つかった。美術を一生の仕事にしたい」と言ったのを鮮明に覚えている。

大学卒業後、正直は東京へ出て都の教員になった。創作活動は続けつつ、千葉県内にある都立の養護学校で仕事に打ち込んでいた。二年ほど遅れて社会人になった私が上京したおり、学校を訪ねたことがある。「授業の合間しか時間が取れないから学校で」と言う。忙しいためだけでなく、駆け出しの新聞記者に養護教育の現場を見せてくれようとしたのかも知れない。

学校に着くと、近況報告もそこそこに廊下を歩きながら説明してくれた。「障害児」とひと括りにしがちだが、障害の種類も程度も違い、重複障害の子もいる。対応はそれぞれで一律にはできない。仕事は山ほどある、と熱を込めて語った。

学校の雰囲気は想像に反し明るかった。若くて快活な正直先生は人気者で、授業中の教室から次々と声がかかる。中には教室を抜け出して飛びついてくる子がいる。お漏らしをする子もいる。正直は雑巾を取り出して廊下を拭き、担任と一緒に子らを教室に戻す。その間、一人ひとりを名前で呼び、沈着冷静に対応するのに驚いた。「なに、毎日のことだ。これが養護教育の現実なんだ」と言ったのが印象的だった。

養護学校は、その後特別支援学校と改称されたが、現場の仕事は変わらない。教頭、校長と務め上げた。最後は全国特別支援学校長会の会長を務め、天皇皇后両陛下主催の園遊会に招かれた。妻の祐子さんは「絵と同じように情熱を持って取り組んだ仕事が評価され、とても喜んでいました」と話してくれた。

正直は、退職後は故郷で子ども向けの絵画・陶芸教室を開こうと準備を進めていた。しかし病気が許さなかった。白血病を患い造血幹細胞を移植。治療は終わり退院したが、副作用で間質性肺炎を発症し亡くなったという。長年描いていた給食の献立の絵などを病室でも描き続け、学校に送っていたそうで、養護の子どもたちと並んだ一枚を祐子さんから頂いた。

井上家の墓

　正直の遺志は姪の陶芸家・毛利希さんが引き継ぎ、実家の工房で陶芸教室を開いた。教室の玄関には神楽の百号が飾ってある。

　墓は大元神社の後山にある旧村有墓地に建てられた。神道様式で、墓石には「井上家之奥都城《おくつき》」と彫られ、霊記には「井上正直大人命《うしのみこと》　初代　六十一歳」と刻まれた。正博さんの案内で墓参した私は、正直が自分の産土に舞い戻り、故郷を守る神になったのだと思った。

自給自足

私の部屋に今、柿が九個干してある。岩手に住む義妹から届いたお歳暮の渋柿だ。今年は豊作だったようで、わが家に植えてある甘柿よりだいぶ大ぶりの実が二十六個。すべて新年用の干柿にすると決めた。
皮を剝き、焼酎を振り、蠅除けのため干物籠に吊す。風通しの良い場所を探し庭のレモンの枝にぶら下げた。残念なことに翌日は大雨。軒下に移したものの、その後続いた不順な天候で青黴にやられ、免れたのは九個だけだった。年取り柿にできるものが一個でも残るかどうか心配だ。

「何でもかんでも作りたがる」と妻に言われる。確かに手を動かすことは好きだが、それは農家の子どもの習性だと思う。私が生まれて二年後、昭和三十一年度の経済白書は「もはや戦後ではない」と書き、消費経済が進展し始めていたが、田舎ではまだ食べ

自家製の干柿

ることに追われていた。物は買うのではなく、作るのが当たり前。自給自足が基本だった。

実家には甘柿も渋柿もあった。裏の畑から母屋の屋根にかぶさるように生えていた渋柿の大木が干柿用だった。柿は「嘉来」とも書き、福を呼ぶという。わが家では、健康を願って正月には年の数だけ食べるのが習慣になっていた。大人は、さすがに年の数は食べないが、保存が可能なので百個単位で作っていた。

皮を剥いた柿は、T字型の枝を藁縄に挟み込んで軒下で干す。表面が乾いたら早く熟すように実を揉む。その作業は私も受け持った。縄一本に七、八個ずつ十数連。柿が黒くなると、縄にはぽつぽつ隙間ができるのが常だった。柿揉み中に私が味見した跡なのだが、大人も同類なので余り叱られることはなかった。

わが家の自給自足で一番の大仕事は、味噌・醤油造りだったと思う。

秋風が吹き始め、空気が乾いてくると母屋には麹の甘い香りが漂った。発生源は広間。むしろの上の大麦に振りかけた種麹が増殖している。味噌造りが始まったのである。麹は業者から必要量すべてを買うこともできるが、高価だから種麹を買い増やして使った。四、五日して麹が出来ると、大鍋で大豆を煮る。煮大豆と麹に塩を加えて混ぜ、団子状に丸める。味噌団子は空気と雑菌が入らないよう木桶にびっしり詰め、蓋をして一年ほど発酵・熟成させる。木桶は作業室の土間に置かれていた。

醤油も同じく発酵食品で、同じ場所で同じように造っていた。味噌との違いは、使う麦が小麦なのと、塩を塩水として加えることだった。醤油を造る家は多くはなかったので、分けてあげると喜ばれた。

味噌と醤油造りは祖母、母、兄嫁と引き継がれたが、二十四年前、母屋を改築したのを機にやめた。旧母屋から遠い場所に移築したのと、醤油用の小麦が手に入らなくなったためだという。

実家を離れた私は、食べ物に気を遣う余裕のない生活を続けていたが、結婚後、妻が生協に入ってから関心を持つようになった。加入した「生活クラブ生協」は、天然素材にこだわり「生産者の顔が見える」ことをモットーにしている。味噌・醤油についても合成添加物を使わない業者と提携。醤油は実家と同じように木桶を使った天然醸造で仕込んでいる。話を聞いて昔ながらの製法を確かめたくなった。提携先には断られたが、埼玉の業者が見学を受け入れていると分かり訪ねた。

川越にある松本醤油商店は江戸時代から続く老舗で、百八十年前のものという高さ二メートル余の大桶を筆頭に四十本の木桶で天然醸造を続けている。小江戸と呼ばれる旧市街の一角にあり、店舗の奥に醤油蔵がある。店全体に醤油の香りが漂っていた。

松本醤油商店の醤油蔵

職員さんのガイドで蔵の中を回る。実家の数倍の規模の「室」で麹を作り、倍ほどの高さの木桶に入れ、塩水を加える。桶は蔵にずらりと並び、二階の床から桶を混ぜる。蔵全体に微生物が棲み着いていて、それが発酵を助けるのだと説明してくれた。

店に入った途端に感じた香りは微生物の匂いで、実家の土間と同じように感じた。私の嗅覚が半世紀を経てぴたりと重なった気がした。

父は生活の必要から様々な物を自給したが、いくつかは趣味と思えるものだった。養蜂も手間の割にリターンが少なく、趣味といっても良かったろう。父は下戸で酒を呑まない代わりに甘い物が好きで、蜂蜜は一番の好物だった。プロの養蜂家が使う枠つきの養蜂箱ではなく、杉板の箱に蓋をかぶせ出入り口を付けたような代物だったが、母屋、離れ、蔵など、建物の軒下に六、七個掛けていた。毎年秋ごろに採蜜し、一升瓶に十本ほど採れた。蜜蜂は春になると「分蜂」する。移動先に箱を置き上手に誘導すると蜂を捕まえることが出来る。ただこの時期の蜂は気が立っていて、父と一緒に私まで刺された事があった。

蜂のほかには、鶏、牛、山羊、羊を飼っていた。私が小学校へ上がる前後の記憶だが、牛は肥育牛のほか、田んぼを鋤かせる耕作牛がいた。水田は谷間に分散していて、田仕事には牛を引いて通った。人が並んで通れない狭い道ばかりで牛も怖いのか慎重になる。「通勤時間」は普段の何倍もかかるが、それでも牛を使うのは、人間の何倍もの働きをしてくれるからだ。耕作牛は、兄が耕運機を導入するまで役目を果たしてくれた。

鶏は祖母の担当だった。小さな鶏小屋が二つあり、雌鶏ばかり十羽ほど飼っていた。全部が毎日産卵するわけではないから卵は貴重品で、まず姉の弁当のおかずになり、残りを家族が食べた。卵を産まなくなった鶏は、祖母が処分した。鶏を捌く場面を見たのは一回きりだったが、目撃のショックは強烈で、私が鶏肉を口に出来ない原因になった。


山羊は、手に入らない牛乳の代わりに導入したと記憶している。私は牛乳も山羊の乳も嫌いだったので、まったく飲まなかった。父は身長が五尺七寸あり、当時としては大男の部類だった。その子なのだから、自分は必ず父より高くなるだろうと思っていたが、ついに父を超えることはなかった。高校時代にその話をすると、父は「おまえは山羊の乳を飲まんかったけん、背が伸びんのじゃ」とからかう。埒もない話だが、少しだけ納得したことを覚えている。

羊は家のそばの小屋で数頭飼っていた。居間の壁にカネボウのカレンダーが貼られていたので、羊毛を出荷しているのだと思い込んでいたが、羊毛はカネボウで加工され、毛糸になって返ってくる仕組みだったと兄から聞いた。

高校を出て家事手伝いをしていた長姉がセーターを編んでくれたことがあった。五歳ごろだったか、真っ赤なセーターが気に入り、着替えるのを嫌がって袖口を汚し、洗濯する姉に叱られた覚えがある。そのお気に入りもわが家産の羊毛を使った自給品だった。

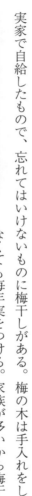

実家で自給したもので、忘れてはいけないものに梅干しがある。梅の木は手入れをしなくても毎年実をつける。家族が多いから梅干しもたくさん作った。土用干しの時は、庭のマサキの植え込みの上に大きな笊を並べ連日干し上げた。

土用干し中の自家製梅干し

私が実家の味の再現を目指し、今の家で初めて梅干しを作ったのは十五年前のことだ。庭に植えた豊後梅に実がつき始めたので、昔の記憶とガイド本をもとに挑戦した。最初の二回は塩分を薄くしすぎ、黴が生えて失敗、三回目は何とかできあがったが、梅が硬く漬け物のようになって実家の味とはほど遠かった。もう諦めていたのだが、今年になって四度目の挑戦をすることになった。大阪に住む長姉からの手紙が発端だった。

封筒には手書きのレシピらしい紙が入っており「一生に一度飲むだけで、脳卒中で絶対に倒れない法」と書かれていた。レシピは「鶏卵と蕗の葉、清酒、梅干しの土用干し前のものを用意、決められた分量、手順を必ず守って作る」という内容だった。

健康飲料のように思えたが、「手順を必ず守る」のあたりが如何にも怪しい。不幸の手紙のようなものではないのかと考えネットを調べると、案の定似た内容のレシピがいくつも出てきた。

姉に、騙されているよと電話をしたら、本人も知っていて「体に悪いものは入っとらんし、ダメ元でやってみたんよ」と言う。さらに「もう三年も続けて飲んどって、私はぴんぴんしてるから、あんたもいっぺんだけ飲んでみいや」と熱弁を振るう。私は、姉の気が済むのならと、梅干し作りから始めた。

庭の豊後梅はバイク置き場のため切ってしまったので、南高梅を買った。梅がよかったのか、天候が良かったのか、以前と違って何の支障もなく梅干しが完成。レシピの手順を守って飲んだのは土用も近いころだった。

ネットに記載があった通り青汁臭くて不味い。無理矢理飲み込んで姉に知らせると、「そうか、やっぱり不味かったか。でも、もうそれで脳卒中にはならへんから。あははは」

と笑う。元気そうな声だった。

姉が倒れたのは一カ月後、八月中旬のことだった。頭痛を訴えてかかった病院で脳の異状が見つかり、くも膜下出血と判明。大病院の集中治療室へ運び込まれ、二週間後に手術を受けた。台風の高波で関西空港が浸水した日だった。延期の話も出た中での手術で、そのせいかどうか脳梗塞を併発。九月十五日に亡くなった。

臨終に立ち会ったのは甥と、近所に住む私のすぐ上の姉だけで、ほかのきょうだいは死に目に会うことが出来なかった。「もうそれで脳卒中にはならへんから」が私の聞いた最後の声になった。

ソウルフード

　実家の跡取り息子である甥の結婚式は、隣接する西予市の三島神社でとり行われた。神社は平安時代に伊予国一宮である瀬戸内海・大三島の大山祇神社より勧請され、明治には県社に列せられた古社である。実家のある八幡浜市は歌謡曲「港町ブルース」にも出てくる港町、花嫁は高知県西端の港町宿毛市出身で、ともに宇和海に面している。三島神社は海の守護神「大山積大神」を祭神としており、両家にふさわしい式場だった。

　平成二十七年一月十五日、雨催いの寒い日だったが、神前の挙式は滞りなく終わり、西予市中心部の料理旅館で披露宴が行われた。出席者は両家の希望により親族だけ二十数人。芸達者な新郎の三人の姉が合唱を披露、老人会で練習して覚えたという長兄が、素人にしては上出来な手品を披露するなど賑やかに進んだ。花嫁は気さくな人柄で、宴の間に我々とも打ち解けた。宴会料理は、今は全国どこもすっかり同じようになった立

結婚披露宴の二次会。鉢盛を囲んで

派なコース料理で、魚も和牛も美味しかったが、量が多すぎた。同行してくれた息子にステーキを任せつつ、私は子どものころの田舎の披露宴を思い出していた。

私の生まれ育った愛媛県の南予地方では、結婚披露宴は嫁ぎ先で行うのが一般的だった。出される料理は「鉢盛」と呼ばれ、有名な高知の郷土料理「皿鉢」とよく似ている。各人ごとに膳を用意する「本膳」は、出席人数がはっきりせず、参集する時間も合わせにくい農村には不向きで、大きな鉢に料理を盛り小皿に取り分ける方が合理的なのだ。

披露宴に限らず法事や新築祝いなどで人を招くことを南予では「お客をする」といった。調理は親戚や「組」と呼ばれる冠婚葬祭の共同体が手伝う。盛大に行う時は母屋の二、三室のふすまを払い、長卓をいくつも並べる。大鉢は直径三十センチから六十センチほどで多いときは数十枚用意する。足りない時は貸し借りする。

鉢に盛る料理は、酒肴系の刺身、煮物、練り製品、酢の物など。主食系としては鯛そうめん、巻き寿司、ばら寿司、稲荷寿司。デザート系の羊羹やタルト、菓子、果物なども出された。種類ごとに鉢を替え、四、五鉢で一セットとする。昼から夕方まで客は数十人に上るので、人数に合わせて何セットか用意する。漆器の小皿を重ねて大鉢の脇に配し、銘々が小皿に取る。

準備は朝から始まる。台所だけでは間に合わないから、土間や庭に簡易竈と調理台を据え、主婦たちが煮炊きをした。鯛の姿作りなど、技術が必要な料理は、包丁上手の男性が呼ばれた。集落の中では、親戚のヒサシさんと遠縁のスケヒロさんが「上手」と言われていた。実家で行った「お客」のうち私の記憶にあるのは、離れの新築祝いと長兄夫婦の結婚披露宴だが、そのどちらにもスケヒロさんが来てくれたと記憶する。

田舎では、どこの家庭にも出刃包丁の二本や三本はあるが、スケヒロさんは、主婦などは手にしない刃渡り三十センチ近い柳刃包丁を携行してきた。さらしを取って現れた柳刃はぎらりと光り、日本刀のように見えた。チャンバラ映画にかぶれていた私は、背筋をゾクゾクさせながら見事な仕事ぶりに見惚れたものだ。長兄によれば、兄嫁の兄も包丁名人で、平成六年に母屋を新築した時に来てくれ、魚を捌いてもらったという。

人間の味覚は幼児期に形作られると何かの本に書いてあったが、久しぶりに帰省した甥の結婚式でその事を強く思った。披露宴の後、我々きょうだいは長兄の家に泊まる事になっており、夕食は親族だけの、宴会の延長戦になった。新婚旅行前の新郎新婦も同席した。

昼間の宴会がフルコースだったので、軽いものを想像していたが、昔の「お客」で見た鉢盛料理が続々と出てきたのには驚いた。刺身など生ものは仕出しを頼み、昔はなかった中華のエビチリソースが付いていたのは時代の流れだろう。鯛そうめん、酢の物、練り物、ばら寿司、「ふかのみがらし」など鉢盛の定番が揃っていたのが嬉しかった。帰省した我々への心遣いだろう。つい二、三時間前に満腹したはずの胃の中に、そうめんや酢の物がどんどん入っていく。酒も進んだが、それ以上に懐かしい鉢盛を堪能したのだった。

私は常々、むかし食べた郷土料理を再現しようといろいろ試している。材料の違いや調理法が原因なのか、もう一つしっくりこないでいるのだが、その中で比較的成功しているのは鯛そうめんだ。

実家の鯛そうめんの作り方は、

①鯛の鱗、腸を取り皮に切れ目を入れて姿煮にする
②そうめんは固ゆでにし一口サイズにして皿に敷く
③そうめんの上に煮鯛と錦糸卵をのせる
④干し椎茸を水で戻して甘辛く煮付け薄切りにする
⑤薬味として柚子の千切り、葱の小口切りを用意
⑥鯛の煮汁を薄め、椎茸を加えてかけ汁にする
⑦そうめんと鯛を皿に取り、汁をかけ薬味

鯛そうめん

を加えて頂く

鯛そうめんは、結婚後ほどなく挑戦し始め、以後毎年作っている。一般にそうめんの身上は、麺と汁だけのシンプルさだが、鯛そうめんの主役は鯛である。鯛は高価でハレの食材なので、わが家では通常はイサキかアジで代用し、煮るより手軽な焼き魚にしている。

私は勤め先の句友と年に一、二回持ち回りの「飲み句会」を開いているのだが、わが家で催した昨夏の句会で鯛そうめんを作った。客人に出すのは初めてだったので奮発して中型の鯛を使い、社交辞令とは思うがまずまずの好評を頂いた。

実家の料理で他に好きなのは酢の物と「さつま汁」だ。

愛媛で「ほうたれ」と呼ぶカタクチイワシを酢味噌で和えた「ぬた」は父の大好物で、取れたてのイワシがある時だけの特別な料理だった。「ほうたれ」は頬が垂れるほどうまいという意味で、私にとっては「鯛そうめん」「じゃこ天」「ふかのみがらし」と並ぶソウルフードである。

さつま汁は、宮崎の「冷や汁」が伝わったものという。食欲の落ちる夏向きの料理で、

調理が簡単なのが一番の取り柄だ。主材料として、アジ一尾と味噌百二十グラムで四人分。作り方は、

①アジを焼いて丁寧に骨を取る
②すり鉢に身をほぐし入れ、味噌を加えてすり潰し、鉢に塗り広げる
③鉢を逆さにしてコンロにかぶせ、ガスの火で味噌の表面を焦がす
④出汁を加えながら味噌をのばし、キュウリの薄切りや葱などの薬味を加える

麦飯にかけてかき込むとお代わりが止まらない。

料理というより、食材としてわが家でよく使うのが南予名産の「じゃこ天」である。高校のころ学校からの帰り道に作りたてを売る専門店があって、よく買い食いした。一枚十五円とか二十円、近くの甘味屋のソフトクリームよりだいぶ安かったと記憶している。

蒲鉾や竹輪などの練り物は、ふつうスケソウダラやサメ、エソなどのすり身を使うのだが、じゃこ天は宇和海で獲れる雑魚「ハランボ」(和名ホタルジャコ)を使う。頭と腸を除いただけで混ぜ物をしないから味が純粋で骨の感触が残る。その野性味が魅力だ。

最近はハランボの漁獲量が減り、他の魚や澱粉を加えるのが当たり前になったようで、ハランボしか使わない店は、産地の宇和島や八幡浜でも数えるほどしかない。大阪の長姉はそのうちの一店の得意客で生産の最盛期にまとめ買いし、冷凍して使っていた。冷凍しても他店のものより格段に味が良いと言い、私にもよく送ってくれたものだ。

鉢盛料理の定番で私がソウルフードの一つに挙げた「ふかのみがらし」は、昨年末に初めて作った。以前から気になっていたのだが、材料のサメが手に入らなかった。天佑は、インターネットだった。アンモニア臭が嫌われ、サメ食べるのは四国の南西部だけといわれるサメ食文化が北関東にもあり、栃木では「モロ」と呼んで広く食されていることを知った。

栃木は海なし県である。なぜ内陸部で、といぶかしがったが、アンモニアが肉の腐敗を防ぐため、海産物に乏しい栃木では重宝され

ふかのみがらし

たのだという。食べ方も、わが故郷のように湯ざらしを辛子入りの酢味噌「みがらし」で食べるだけでなく、唐揚げや煮付け、コロッケなど多様な食べ方をしているらしい。サメ肉もスーパーで普通に売っているようだ。この際、調査を兼ねて現地訪問を企図したのだが、もっと簡便な方法が見つかった。ネットにサメを扱う店があったのである。

結局、ネットストアで宮城・気仙沼産のモウカザメを購入、みがらし味噌は四国から取り寄せた。調理は簡単。解凍したサメを刺身サイズに切り分け、沸騰水で湯がき、身が白くなったら冷水でさらす。後はみがらし味噌で頂くだけ。こうして懸案のソウルフード「ふかのみがらし」はあっけなく私の胃袋に収まった。

味は、田舎で食べたものよりあっさりして、カジキに似ていると思った。アンモニア臭は、まったく感じなかった。みがらし味噌も、特有の鼻にツーンとくる刺激臭が弱く全体として無難な味だった。

保存技術が発達して万民向けになったのだろうが、私にはちょっと物足りなかった。故郷の味に近づくには、冷凍ではないサメを入手し、みがらし味噌も粉辛子と麦味噌を使って一からつくる必要があるのかもしれない。近いうちにもう一度挑戦してみたいと思った。

ピンホールカメラ

初めてカメラを買ったのは高校二年の春だった。入学と同時に入った美術部でデッサンも上達せず、描くテーマも見つからないまま、ぼーっと生きていたころ、帰り道で同じクラスの三好君と一緒になった。彼は中学で始めた写真が趣味で、高校でも写真部に入っていた。私の写真体験は学習雑誌の付録の日光写真くらいだったが、望遠鏡を自作した元天文少年として光学機器には関心があったので二人の会話は弾んだ。

カメラは高価なうえ操作も難しいと思っていた私に、三好君は「最近登場した一眼レフは、ファインダーで見たものが、見たとおりに写るがぞ」と言う。さらに、にやっと笑い「デッサンが出来んでも大丈夫やし」と続けた。落ちこぼれの美術部員は、その場で写真部入部を決めた。

部活動は、主に運動会など行事の撮影と文化祭での成果発表だ。作品をカメラ雑誌に投稿する者もいた。撮影した写真は暗室作業を経てパネルに仕上げる。その技術部分はおいおい教わるとして、最大の関門はカメラだった。昭和四十年代、日本はドイツに代わって世界一のカメラ大国になっていた。カメラの大衆化も進みコンパクトカメラが売れていた。しかし、三好君の薦める一眼レフは安くはなかった。

買いたいカメラは決まっていた。メーカーはキヤノン、機種は、発売されたばかりの「ＦＴｂ」。値段は標準レンズ付きで約五万円～七万五千円で三タイプあった。国家公務員の初任給が四万円を超えたころだ。高校生の貯金ではまったく歯が立たない。

運が良かったのは春休みに入る時期だったことだ。アルバイトの少ない田舎で、道路工事のバイトが見つかった。日給千二百円という高校生には上々の条件だったのは、年度末で予算消化を急ぐお役所の事情だったのかも知れない。

春休み前からバイトに励み、二万円ほどの給料を貰った。折角の初カメラだからと一番上のタイプを選び、不足分は「出世払い」で父に借りた。親不孝者が借金を返すことはなかったが、とにもかくにも初めて働いて得たお金で手に入れた一眼レフである。箱から取り出した梨地メッキの銀色ボディーを、文字通り撫で回し、飽くことなく眺め続けたのだった。

大学時代に記念写真専用になっていたカメラが、にわかに日の目を見たのは社会人になってからだ。

就職した新聞社では、記者生活は地方支局から始まる。県庁所在地などに置かれる支局にカメラマンはおらず、撮影から暗室作業まで全部記者が行う。記事を褒められた経験は多くないが、写真では何度か褒められた。「良い写真を撮るコツは、とにかく数撮ることや」という三好君の教えは真実だった。

暗室作業は暗い赤色電球の下で行い、ネガの状態によっては「焼き込み」「覆い焼き」などの技を使う。急ぎの時はフィルムを手で持って現像する「皿現像」をする。皿現像の時は赤色電灯も使えず完全な暗闇での作業になるが、これも高校で経験済みだった。

残念だったのは、会社と自分で使うカメラのメーカーが違ったことだ。新聞社では戦前から実績のあるニコンを採用していたが、私は戦後に急成長したキヤノンを買い、使い続けていた。中学の英語の先生が愛用し、何度も写真展で入賞していたからだ。

メーカーが違うと交換レンズが使えず、自分で買うしかない。高校野球の撮影に望遠レンズ、風景写真に広角レンズ。新機種が出ると本体を買い足すという具合で、機材が増えていった。私はひとり満悦していたが、財布が細る家人には迷惑以外の何ものでもなかったと思う。そして新製品をフォローするのにも疲れてきたころ、ピンホール（針孔）写真に出会った。

写真は十九世紀初めにフランスで生まれた。原型になったのは、中世の画家たちが立体や風景を正確に描くために使った「カメラ・オブスキュラ」で、小孔を通った物体の像を暗箱の壁に投影し、トレース紙で描き写す装置だ。その像を固定することに成功したのがフランス人発明家のニセフォール・ニエプスだった。世界で最初の写真は、ニエプスの自宅窓から撮影した風景とされている。初めは感光材料にアスファルトを使い、その後銀の化合物を使う方法を開発した。

ピンホールカメラは、基本的にニエプスのカメラと同じ構造だがレンズはない。レンズがないのに写るのは、像から出た光線が小さな孔を通る時に一点に絞られるためだ。その代わり、届く光が少ないため画像は暗くピントも甘くなる。原理は簡単、木材など身近な材料で作ることが出来る。そうしたことを私は写真雑誌で知った。早速挑戦することにした。

最初に作ったのは「空き缶カメラ」だった。

材料は海苔の空き缶と黒のビニールテープだけ。缶の底に画鋲で〇・五ミリ程度の孔

自作ピンホールカメラ

を開け、内側に反射防止用の黒色塗料をスプレーすれば完成だ。
撮影する時は、まずピンホールの外側にシャッター兼遮光用の黒色テープを貼る。次に、長さ五センチほどにカットしたフィルムを蓋の内側に両面テープで貼り付け、缶本体に戻す。ここまでは暗室作業だ。
それからカメラを被写体の前に設置し、ピンホールのテープを剥がして露出をかける。時間になったら再びテープでピンホールをふさぎ撮影完了。あとは、カメラを暗室に持ち運んでフィルムをはがし、皿現像でネガを作る。それを印画紙に焼き付ければ完成だ。
私の初めての撮影場所は自宅リビングで、テーブルにのせた電話器や花瓶、自画像を撮った。ピンホールの明るさを表すf値は百五十程度なので露出時間は数秒から数分かかった。露出中に動くと幽霊のように多重に写る。坂本龍馬が肖像写真を撮るのに支え棒を使った話を思い起こした。

空き缶カメラではフィルム十数本分撮影した。露出時間の見当がついてからは、静物や風景は当たり前に撮れるようになった。ただ、一枚ごとにフィルムを貼り替える手間が大変だったし、針孔が大きすぎピンぼけが予想以上に酷いのが難点だった。


さて、ここで問題なのは、現代において性能的に普通のカメラにまったく及ばないピンホールカメラを作る理由、撮る理由である。写真雑誌には、①画面全体にピントが合うパンフォーカスの面白さ②ガラスを通さないので色収差がなく原色に忠実③カメラを手作りする楽しみ、の三点を挙げていた。私の場合は手作りが最大の魅力だった。

空き缶カメラの経験を元に、ピントの改善に取り組むとともに、フィルムカットの手間がいらないフィルム内蔵方式のカメラを作ることにした。雑誌の情報を参考に、木工道具から揃え、それらしいカメラが出来たのは半年後だった。

光漏れを恐れて全体を真っ黒に塗装した第一号機は、昔飼っていた黒猫にちなみ「黒ん太」と名付けた。重厚で艶があり、機体はずっしり重い。その重さに、自作の達成感がこもっていた。転勤が続き、仕事が忙しくなる中、軽量性を求めた「黒ん太二号」を作った。逆に高級感を求め、紫檀材を使った三台目が出来たところでピンホールカメラ作りを終えた。時代は昭和から平成に変わり、カメラもまた大きく変わり始めていた。

デジタルカメラが登場したのは昭和五十年のことだ。日本ではソニーが五十六年に発表した「マビカ」が初期の代表的製品だった。記録データはアナログだった。デジタル方式で記録する本当のデジカメが発売されたのは平成二年。元号とともにカメラの基本構造も変わったのである。

私は内勤職場に移り、仕事で写真を撮る必要はなくなっていた。しかし、趣味としてカメラを持ち歩き続け、自然写真を中心に撮っていた。デジカメは、撮ったその場で写真が見られ、失敗なら撮り直しが出来る。また簡単に写真を修整・加工できる利便性があった。しかし画像の解像度では銀塩を使うフィルム写真に遠く及ばず、まだまだフィルム時代は続くと思われた。情勢を一変させたのは、平成七年に発表されたパソコンの基本ソフト「ウインドウズ95」だった。

パソコンで写真を扱うことが広く認知され、ホームページに写真を載せるためデジカメを使う人も増えていた。わが家のパソコンもウインドウズ95に替わり、妻がホームページを作った平成十六年、遂にデジカメの購入に踏み切った。私は、自分のホームページを作成した後もフィルムカメラを使い続けていたのだが、写真屋で現像・焼き付けをしてもらい、それをスキャナーでパソコンに取り込むという効率の悪さと非経済性に気づき、デジタルに宗旨替えしたのだった。

パンジー（デジカメ写真）
f5露出125分の1秒

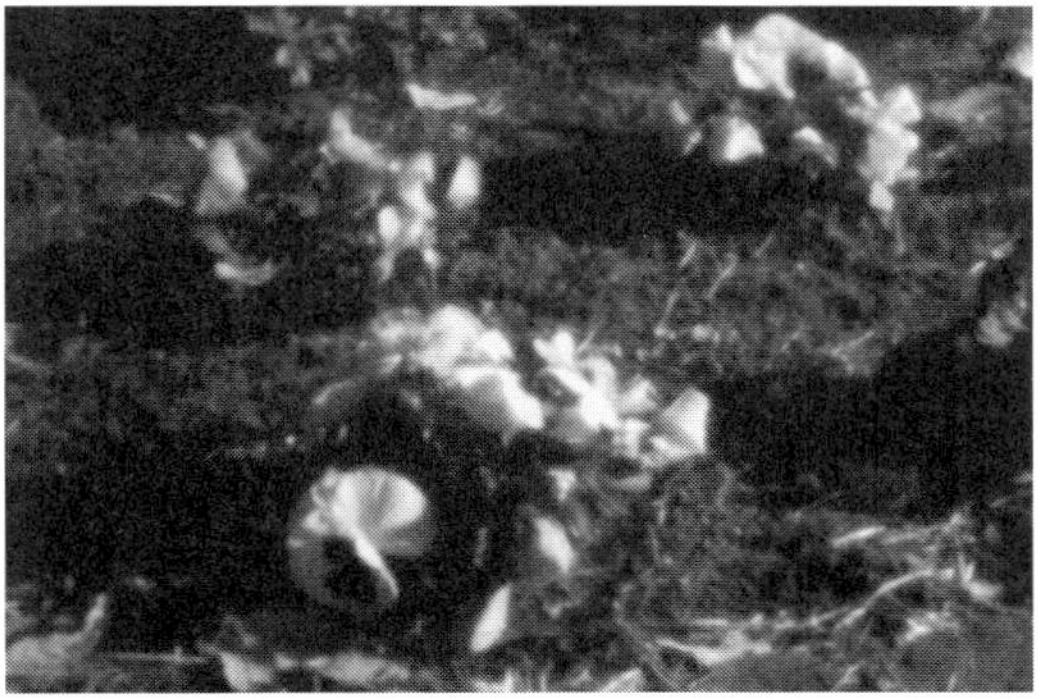

パンジー（ピンホール写真）
f240露出2.5秒

わが家にはいま七台のデジタルカメラがあり、私はそのうち二台を日常的に使っている。今回ピンホール写真の作例を撮影したのは一番最後に買ったデジタル一眼レフだ。自作の木製ピンホールカメラを使いたかったのだが、乾燥で材がゆがみ撮影不能になっていた。ボディーキャップに穴をあけ、紙製のピンホールを貼り付けたデジカメが代役を果たしてくれた。

アルバイトのお金で買った最初のカメラから半世紀が過ぎた。まもなく平成は終わり、元号は令和に変わる。カメラがこれからどうなるのか、昭和生まれの私にはまったく想像がつかないでいる。

よこはまコスモワールド（ピンホール写真）
f240露出0.7秒

同行二人再び

お試し程度の軽い気持ちで四国八十八カ所参りを始めたのは一昨年の暮れのことだった。その時は十分な準備が出来ず、徳島の第一番札所霊山寺から五番地蔵寺まで、わずか五寺で終わった。次は仕事を完全にリタイアした後にと考えていたのだが、ひょんな事情から早めに再開することになった。昨年五月のことである。

みかんの話を長兄から聞くために帰省する予定があり、ついでに高校時代からの友人の実家を訪ねる計画を入れていた。ところが、九十代になった友人の母は息子たちを頼って関西に移ってしまい、家も取り壊したと聞いたのは出発する直前だった。

空いた時間の使い方を決めずに帰省した私に、兄は「折角だから南西四国の札所をまとめて回って行かないか」と勧めてくれた。兄は数年前に満願成就を果たし、交通不便なこの地域を首都圏在住者が効率よく回るのは難しいと知っている。自分が案内役になり、甥が運転手をしてくれるというのだった。

遍路には、寺の番号順に回る順打ちと反対回りの逆打ちがある。さらに、一つの県を回る「一国参り」や、区間を決めた「区切り打ち」もある。札所は各地に均等にあるのではなく都市部やその近郊に多く、四国の面積の三分の一ほどを占める南西部には、札所は六カ寺しかない。兄が勧めてくれたのは、その六カ寺の区切り打ちだった。案内人付きの車旅、一日で回り切るという嬉しい話である。一も二もなく飛びついた。

金剛福寺

最初に向かったのは四国最南端、高知県の足摺岬にある三十八番札所金剛福寺だった。実家から車の距離で百八十キロ余りある。学生時代、夏休みに北海道から訪ねて来た友人を乗せドライブしたことがあるが、未舗装区間が残る国道を走り五時間ほどかかった。国定公園から国立公園に昇格したばかりで、珍しい海中公園もある観光地として売り出し中だった。金剛福寺は国立公園の核心部にあり観光客が多かったのを覚えている。

案内役の兄は寒蘭愛好家で、温室二棟に専用の鉢を並べ育てていた。寒蘭は春蘭に似た東洋蘭の一種で清楚な花が人気を呼び古くから盛んに採集された。南西四国は有名な自生地だったが、兄が興味を持ったころには野生株はほとんど採り尽くされていた。それでも、「もしかしたら未発見の群生地が…」と思い通い続けたという。山深い裏道まで知っている兄のガイドは的確でかなり早く着くことが出来た。

四十五年ぶりの寺は、白衣の団体が来たり途切れたりの程よい賑わいだった。歩き遍路らしい人もちらほら見える。この寺は、一つ前の岩本寺から九十キロ以上離れていて札所間の距離が一番長い。車遍路で楽をしているのが少し後ろめたかった。納経を済ませ、照葉樹林の散策コースを足摺岬灯台へ向かった。弘法大師が修行のため亀の背に乗って渡ったという不動岩を探したが、似た岩が多く分からなかった。

金剛福寺の次の三十九番までが高知県、四十番から愛媛県に入る。寺の納経所が開いているのは朝七時から夕方五時と決まっている。効率よく回らないと時間が足りなくなる。この日の最終目的地、四十三番明石寺に着いたのは午後四時半過ぎだった。

明石寺は実家の隣の西予市にある。中学校の遠足で行ったことがあるが、寺の雰囲気も伽藍の配置も全く覚えていなかった。境内は思ったより広く、あわてて参拝を済ませ五時直前に納経所へ駆け込んだ。

五月半ばは、夏至まで一カ月の時期で日が長い。納経所は閉まっても日は高かった。兄が「ついでやけん縁起の良い場所に案内してやる」と言い出し、三十分ほどで着いたのは鬼北町という町の道の駅だった。

出迎えてくれたのは、町名に因んだ大きな鬼のオブジェだ。鬼の周りには「当店から出ました！　7億円」の幟旗。平成二十九年のサマージャンボ宝くじで一等前後賞が出たと書いてある。ほかに一千万円や百万円などの高額当選が立て続けに出ていて、遠くから買いに来る人がいるのだという。

兄も十万円が当たり、夫婦と娘で行った北海道旅行の費用に充てたそうだ。遍路参りのご利益だったかどうか。私も買いたかったが、売り子が席を外していて買えなかったのが残念である。

次の遍路行は半年後だった。十一月の中旬、ぜひとも訪ねたい場所があった。松山市と高知市を結ぶ土佐街道沿い、四十六番札所浄瑠璃寺の近くにある旧遍路宿「坂本屋」だ。

坂本屋は明治末期から大正時代に建てられ賑わったが、国道三十三号が整備され、人荷の流れが移ったことなどで宿は廃業、建物も廃屋になった。取り壊す話が出たが、遍路文化の貴重な資源として残そうという声があがり、地元の人たちが「坂本屋運営委員会」を作って修復、お接待処として復活させた。坂本屋のことを教えてくれたのは、私の中学、高校の先輩・田中信也さんだった。

田中さんは十一歳年上で、一昨年三月に閉校になった双岩中学校の閉校式で思い出話を披露した一人である。高校を出て大阪の製薬会社に勤め、その後薬種商販売業の資格を取得。松山で薬店を開き業界団体の役員もされた。中学校に関する情報を検索していて田中さんのブログに出会った。

「門前の小僧の遍路と坂本屋日記」と題するブログの多岐にわたる記事のうち、閉校

お接待処坂本屋

式の報告と「坂本屋日記」が目に留まった。ネット経由で連絡を取り、前回の巡拝後に会うことができた。

田中さんが遍路で満願成就したのは六十八歳の年。旅行会社のツアーを使った歩き遍路だった。

旅行日は月一回、バスで出発点まで行き、歩き終わった所で再びバスに乗って帰る。翌月は前回の終点から再開だ。行程千百キロ、日帰り遍路を繰り返し五年かかったそうだ。その時旧土佐街道を通ったのがきっかけで坂本屋に興味を持ち、結願後に手伝いを申し出た。会長さんは「見習いから」と条件を出し、精勤一年を経て会員に迎えられた。

坂本屋は毎年三月～十一月の土日にお接待を行っている。木造二階建てで、竈と囲炉裏があり、古い家財道具もある。泊まれはしないが、板の間で横になる事はできる。昔の遍路宿をそのまま残した建物は四国中でもここしかないそうだ。ただし、国際化を反映してトイレは洋式に変わっていた。

会員は無給どころか会費を払って参加している。三十余人が六つのチームに分かれ、ローテーションで坂本屋に詰める。遍路さんへの茶菓の接待のほか、地元行事に参加し、いろいろな交流事業も行う。私が訪ねた日は、松山の留学生が団体で来ていた。中国や東南アジアの人が多く英語と日本語と笑い声が山峡に飛び交った。

残念ながら田中さんは不在だったが、持ち前の明るさで外国人にも積極的に応対されているようだった。十月初めに行われたロシア国営放送向け番組のロケに、遍路道の案内役として出演したそうで、一つだけ覚えた「スパシーバ」（ありがとう）というロシア語を武器に大役を果たしたと、後日電話でお聞きした。

石手寺

札所巡拝では、二泊三日の間に松山市内と久万高原町内の十カ寺を回ることができた。印象深かったのは五十一番の石手寺だった。

石手寺は国宝の二王門のほか、国の重要文化財が六件ある四国有数の名刹だ。大師堂は「落書き堂」とも呼ばれ、正岡子規や夏目漱石の落書きもあったそうだが、塗り直されて今は見られない。私が一番関心を持ったのは四国遍路の草創伝説だった。

九世紀初め、松山南郊の荏原郷に衛門三郎という豪農がいた。領主の一族で権力も富もあり欲深かった。ある時みすぼらしい身なりの僧が現れ喜捨を請うたが、三郎は忙しいと追い返した。僧は翌日以降も毎日来る。八日目、業を煮やした三郎は僧の鉢を箒でたたき落とし、鉢は八つに砕けた。そして僧はどこかへ消えた。

三郎には八人の子がいたが、それから毎年一人ずつ死に八年目には全員亡くなった。悲しみに暮れる三郎の枕元に弘法大師が現れ、三郎は僧が大師だったと知った。悔悟した三郎は、懺悔のため田畑を処分して四国巡礼の旅に出る。二十回巡礼を重ねても会えず、二十一回目は逆に回ったところ、阿波で病に倒れた。死期が迫った三郎の前に再び大師が現れ、三郎は今までの非を泣いて詫びる。生まれ変わったら人の役に立ちたいと言って息を引き取った。大師は小石に「衛門三郎」と書き、左手に握らせた。

翌年領主の河野家に左手を握りしめた男児が生まれ、その子はいつまでも手を開かなかった。近くの安養寺で祈祷してもらうと「衛門三郎」と書いた石が現れ三郎の再来と分かった。それに因んで安養寺は石手寺と寺名を改め、石は寺宝となって宝物館に安置されている。

この伝説が少しずつ広まり、衛門三郎は四国遍路の祖とされるようになった。そのほか、寺を回るとき自分が捜していることを大師に気づいてもらおうと、板の札を柱に打ち付けたことから、札所参りを「打つ」と言うようにもなったという。

衛門三郎伝説は史実ではないが、似たような出来事はあったのかも知れない。話を読んだとき、私は歎異抄の「善人なほもつて往生をとぐ。いはんや悪人をや」を思い起こした。三郎伝説とは正反対に見えるが、言うところは同じではないか。結局、善人も悪人も悔悟して帰依すれば救われるのだと思った。

この回の遍路行で、私の参拝した札所は二十一カ寺になった。それまでの二回の巡拝では、漠然と幸福を願っていたが、九月に長姉が急逝し、その供養が目的に加わった。帰依というにはほど遠く、結願出来るかどうかも分からないが、遍路参りが人の死を深く考える契機になったのは間違いないと思っている。

布喜川小学校

小学校の入学式の日は穏やかな曇り空だったと記憶している。昭和三十六年四月八日のことである。男子五人、女子六人の計十一人。先生や父母とともに玄関前で記念写真を撮った。

私は少し緊張した面持ちで写っている。校庭の大きな桜が花盛りだった。私と母はもう一枚、桜の木の下で記念写真を撮ってもらった。ほぼ唯一の母とのツーショット写真は、桜についての一番古い思い出でもあったのだが、度重なる引っ越しで紛失してしまったのが残念だ。

わが母校八幡浜市立布喜川《ふきのかわ》小学校は、市中心部と南隣の三瓶町を結ぶ県道の、つづら折りを登り切った場所にあった。標高二百八十メートル。山肌を削って造成した縦百メートル横五十メートルほどの敷地に校舎と炊事棟、体育倉庫が建っていた。

入学記念写真。前列左から二人目が筆者。
上列左端が母アヤコ

校庭には縁に沿って、鉄棒、砂場があり、遊動円木、ブランコ、滑り台などの遊具も並ぶ。真ん中は陸上トラックになっていたが、一周百五十メートルほどしかなかった。体力テストの五十メートル走では走り抜ける距離が取れず、トラックを越えてブランコの前まで対角線にコースを取って計測した。

クラスは二学年が一緒に学ぶ「複式学級」だった。授業の進め方は、囲碁や将棋のプロ棋士が複数のアマチュアを相手に一度に対局する「多面指し」に似ているかも知れない。先生が一方の学年を教えているときは、他の学年は自習する。区切りがついたところで切り替え、もう一方の学年を教える。いうのは簡単だが、教師にとっては厄介な仕事だったろう。

小学生のことだ、おとなしく出来る者ばかりではない。勉強そっちのけでお喋りし、いたずらをする。姉から聞いた話だが、先生の中には通常より何倍も長い指示棒を持ち、振り向きざまに騒がしい者の机をたたく「技」を使う人がいたという。

この方式は、自習の課題をやり終えると別学年の授業を見ていられるということでもある。長兄は勉強が好きだったらしく、課題をさっさと片付けて先輩たちのやっている授業を一緒に聞いていたという。

学校生活の最大のイベントである修学旅行も二学年一緒だった。私たちの学年は五年生の時に行った。行き先は県都松山で、一泊二日、宿は道後温泉の「初音荘」だった。松山城や動物園、三津浜港などを回った。松山城の天守閣をバックに先生三人と五、六年生二十一人が並んだ写真が残っている。

複式学級で親たちが一番懸念したのは、学習の遅れだったと思う。先生は授業時間の半分ずつしか見てくれない。小学校は私が卒業した翌年に廃校になったのだが、最後の年には三学年で一クラスの「複々式」になった。父母の中には進学への影響を心配し、統合先の学校に一足早く転校させたケースがあったと聞いた。


子どもとして問題が多かったのは、チームスポーツだった。放課後よくやったのはソフトボール、ドッジボール、ポートボールなど。一番人気はソフトボールだった。野球ブームが起きた時代で、テレビ中継が始まっていた。野球は子どもの憧れのスポーツだったが、球が飛びすぎて狭い校庭には向かない。ソフトボールはその代用だったと思う。一学年では人数が足りず、学年を超えてチームを作り遊んだ。

六大学野球でホームラン記録を作った長嶋茂雄が巨人に入団し大きな話題になった。続いて巨人に入団した王貞治とともに「ＯＮ砲」として大活躍した。少年雑誌には長嶋ストーリーが載り、テレビは巨人戦ばかり放送した。当時の世相を表して「巨人、大鵬、卵焼き」という言葉が流行った。

私は、大鵬は好きではなかったが、卵焼きと巨人は好きで、特に長嶋のファンだった。長兄は地元に近い西日本のチームが贔屓だったようで、南海の野村克也のファンだった。四年生の時だったと思う。巨人戦のテレビ中継があった。相手チームは覚えていないが、阪神か広島だったかも知れない。

長嶋がバッターボックスに立った。私が「長嶋、ホームラン！」と応援していると、兄が「三振じゃ、三振じゃ」と茶々を入れてきた。私が「長嶋は絶対に打つけん」とむきになると、兄は「打てん打てん。ホームランを打ったら好きな物を買ってやる」と、売り言葉に買い言葉である。二人が視線をテレビに戻した瞬間、長嶋がバットを振り、打球はレフトスタンドに飛び込んだ。

兄は渋ったが、十八歳下の弟との約束を反故にする訳にもいかず、間もなく黄色い本革のグローブを買ってくれたのだった。

六年生の時、同じ市内の複式学級の小学校とソフトボールの親善試合をしたことがある。試合をする機会の少ない僻地の小学校に対外試合を経験させようと企画されたもので、校庭の広い別の小学校で対戦した。私は兄に貰ったグローブを持って臨んだ。

味方チームは五年生と六年生合わせて十人だったと思う、相手も似たような構成だった。味方にヒットが続き二点か三点を先取したが、厳しい反撃を受け、最終的に一点差で敗れた記憶がある。私は敗戦投手になった。


給食も楽しみだった。自校方式で配膳は児童が行う。メニューはコッペパンに脱脂粉乳と副食。家では米しか食べないので味のないパンでも新鮮だった。副食は日替わりで鯨肉や魚肉ソーセージが好物だった。肉嫌いだったが油で揚げた鯨肉は抵抗なく食べられた。牛乳も嫌いな私に脱脂粉乳は辛かったが、鼻をつまんで飲み込んだ。

この給食をめぐっては、事件もあった。

三年生になったばかりの四月下旬、集団食中毒が発生した。腹痛と下痢を訴える児童が相次ぎ、検査の結果赤痢と分かった。発生源として給食が疑われた。学校は臨時休校になり、家庭も含めて徹底消毒が行われた。

赤痢菌が出た二十数人が市立病院の隔離病棟に収容された。私も発症した。症状は数日で治まったが菌が消えるまで退院できず、入院生活は二週間ほど続いた。退院日、迎えに来るはずだった父の到着が遅れ、誰もいなくなった病室で父をなじったことを覚えている。

感染の原因が何だったかは、我々には知らされなかったように思う。調理員のおばさんが責任を取って退職し発生からひと月余りで給食は再開された。

半世紀前に閉校になった布喜川小学校のことを私が調べ始めたのは五年ほど前のことだった。小学校卒業後の進学先だった双岩中学校が廃校になるという話を実家で聞いた。小学校に続いて中学校も無くなる。自分のアイデンティティーが消えてしまうように思えた。

私は廃校一年前に小学校を卒業し、廃校のいきさつは知らなかった。実家を継いだ長兄の、四人の子どもたちは初めから統合先へ入学し、布喜川小学校には縁がない。一学年下で最後の卒業生になった井上光正君と宇都宮孝行君に資料を持っていないか尋ねてみた。二人は私と同じ集落に住み、曽祖父母世代がきょうだいの親戚で、子どもの頃は毎日のように遊んだ間柄だ。昔話は聞けたが、家の改築や家移りのため小学校の資料は紛れてしまったとのことだった。

無理もない。半世紀前の出来事である。市の教育委員会にも問い合わせたが「教委には個々の学校の記録はない」という。だが電話を受けてくれた担当者は親切な人で、あちこちを調べ、程なく「学校の統廃合があった場合、廃校になった学校の記録は統合先に引き継がれます。そちらをあたって下さい」と連絡をくれた。

布喜川小学校の記録は、長兄の子どもたちが通った神山小学校に残されていた。

校長先生は若い人で当時のことは知る由もなかったが、校長室に保管されていた書類を引っ張り出し、数冊の沿革史を見せてくれた。

紐綴じの色あせた「布喜川小学校沿革史」には「永年保存」の朱印が押してある。一番知りたかったのは開校からの通史と学校統合のいきさつで、それは歴代校長の日誌に記録され、閉校時に作られた記念文集にコンパクトにまとめられていた。

沿革史によれば、学校創設は明治八年七月。校舎の場所は、寺と覚しき「布喜川村字サコンザン旧庵」。児童数は十四人だった。

明治八年は維新政府が「学制」を発布してからわずか三年後で、全国的にも早い方だ。明治二十七年に私が通った校地へ移転改築された。戦時中は国民学校と改称したが、戦後の学制改革により、昭和二十二年に新制布喜川小学校がうまれた。

記念文集には学校に在籍した先生の名前と、年度ごとの児童数が書かれていた。一番多かったのは昭和二十年度と二十二年度で百十七人だった。児童数は大正後期から九十～百人前後で推移していたが、昭和三十年度に七十九人に減った。

兄姉に理由を尋ねたところ、その年の二月にあった市町村合併で、校区内の一つの集落が南隣の三瓶町と合併したからだと教えてくれた。それ以降は右肩下がりで減り続け、私が入学した三十六年度は七十人、閉校になった四十二年度は三十二人だった。戦後の二十年間で三分の一以下になっていた。

団塊世代の二人の姉は一学年一学級の単式学級と複式学級の両方を体験した珍しい世代だ。そこで、いつ複式に切り替わったのかを尋ねたのだが、二歳違いの二人がそれぞれ四年になった時だと言

雪の日の布喜川小学校（閉校記念文集から）

い、はっきりしなかった。その話を戦前生まれの長兄にしたところ、自分も複式学級だったという。

改めて閉校記念誌の在籍教諭の数を見ると、団塊世代の姉たちの前後で一度増えてまた減っていた。つまり、もともとは複式学級で、団塊世代が入学し児童が急増した時に、該当する学年が単式学級になり、先生の数もそれに合わせて増減したのだと推測された。


小学校の建物は閉校後もしばらく残されていた。その間「業者が事業用に使いたがっている」「改装して住みたいという人がいる」などの話があったようだ。結局いずれもまとまらず、知らぬ間に建物は取り壊された。

高校を卒業して実家を離れた私が久しぶりに小学校を訪ねたのは一昨年の三月二十六日、中学校の閉校式の日だった。

会いたかったのは入学式の日に満開で私を迎えてくれた桜の大木と一つの石碑だった。気象庁の記録によると、県都松山の平年の開花日は三月二十五日である。満開は無理かも知れないが、最近の温暖化を勘案すると何輪かは咲いているだろうと思っていた。ところが、私の期待は想像もしない形で打ち砕かれた。桜の木はすべて伐採されていたのである。

長兄に聞いたところ、だいぶ以前に切られたようだった。私がいたころ集落の県道沿いには十本ほどの桜の大木があった。県道を整備する時、景観作りのために植えたという。そのいずれもが一人では抱えられない大きさだった。小学校の桜も同様で、当時すでに樹齢五十年程度と推定された。

ソメイヨシノは江戸時代に作られた品種で、ほぼ全部が挿し木などで増えたクローンだ。寿命は六十年ほどといわれる。校庭の木が残っていたら百歳を優に超えていたはずだ。兄は「県道の桜もみな処分された。寿命やったがよ」と言った。

閉校記念碑

閉校記念に建てられた石碑は、校門の門柱の脇、大きな楠の木の下に昔のまま残っていた。碑の表面には「少年の　夢はぐくめり　花の丘　熊野」、裏面には「布喜川小学校　明治八年七月創立　昭和四十三年四月　神山小学校に統合さる」と彫られている。

熊野とは布喜川小学校最後の校長、熊野良一先生である。私が六年生の年に町場の中学校の教頭から転任して来られた。ベレー帽をかぶり、手にはパイプ。芸術家然とした姿に子どもたちは度肝を抜かれた。美術教育の専門家で八幡浜教育事務所管内の指導主事をされたと後に聞いた。私に卒業証書を渡してくれた先生だった。先生は布喜川小の校長を二年務め、閉校の一切を取り仕切られた。

閉校式は昭和四十三年三月二十七日に執り行われた。学校の沿革史は熊野先生の同日付の記録で終わる。最後のページには、前書きとともに石碑に刻んだ句が流麗な筆致で墨書されていた。

閉校式後　桜の花咲きほこる丘にて

少年の夢はぐくめり花の丘

熊野先生に俳歴があったかどうかは分からない。句の良し悪しを判断するつもりもないが、この句はこの場所にふさわしい名句だと思った。先生は母校の最期を看取ってくれたのだと思った。

私は刻まれた碑文をゆっくり指でなぞり、深くお辞儀をして校庭を辞した。

山の幸

「筍はのう、見えるもんを探すがやない。見えんもんを見つけるがや」

いきなり、禅問答のような話だった。

話しているのは父である。実家はみかん農家だが竹林もあり、春には筍を出荷していた。小学校三年生のころだったと思う。私は筍が好物で筍掘りの手伝いも積極的にしたが、自分で掘ったことはなかった。その日父は掘り方を教えてくれると言う。数カ所ある竹林のうち一番広い竹林で、出荷の盛期を迎える時期だった。

まず父が手本を見せてくれた。道具は幅七、八センチ、長さ三十センチほどの専用鍬一本である。

地下足袋で竹の葉の積もった地面を探る。引っかかりを感じた場所を爪先で突っつくと黄色い筍の先端が顔を出す。周囲の土を慎重に掘り下げ、大きさの見当がついたところで鍬を根元へ振り下ろす。てこの要領で鍬をひねると一気に筍が飛び出してきた。ものの一分もかからない早業だった。

日本で生産される筍は主に孟宗竹、淡竹《はちく》、真竹の三種で、孟宗竹が圧倒的に多い。実家もほとんどが孟宗竹だった。採れる時期は三月下旬から五月。筍は生長が速く、芽を出して約一カ月で親竹ほどになる。伸びすぎると硬くなり、えぐみが強まる。禅問答の解答は「出来るだけ早く見つけ、地表に出る前に取ってしまえ」ということだった。

孟宗竹の筍

見つけ方の秘訣は、土の不自然なふくらみや地面のひび割れを探すこと、地下茎がどちらへ伸びているかを見極めること。一本掘ったすぐそばに、もっと大きいものが隠れていることがある。

掘り方にもコツがあり、筍の全周ではなく、前面と両側面を掘るようにすれば作業効率が上がる。また、傷を付けないこと、完品の証しである根元の赤いブツブツを残すことも留意点だ。掘り跡を埋め戻すのは、翌年以降の収穫のためだ。

解説付きの実演を見た後、私も挑戦したが、コツはすぐにはつかめない。鍬も重すぎて父のようには扱えない。何本掘ってもみな傷だらけ。売りものにならず、春一番の山の幸として家族で味わうことになった。

筍の食べ方は様々だが、実家では煮物や酢の物、味噌汁、筍飯などにした。筍は毎日掘るし、煮物は日持ちがする。この時期は毎日筍料理が続いた。孟宗竹の後には淡竹が出る。しゃきしゃき食感でえぐみが少なく、孟宗と同じように食べた。真竹は苦みが強く、わが家ではあまり食べなかったと思う。

春の山野には他にも自然の恵みがたくさんあった。

筍の次によく食べたのはツワブキだ。日当たりのよい道端に生え、筍と同じころ新芽が出てくる。綿毛が残る柔らかいものを摘み、グリンピースと一緒に煮た。普通のフキも生えていて同じように使うのだが、実家ではア

ツワブキ

クの強いツワブキの方が好まれた。アク抜きしても残る苦みが風味と季節感を増幅するためだろう。

ワラビもよく採りに行った。昭和三十年代、実家では毎年のように雑木林を開墾していて、伐採後すぐ生えてくるのがワラビだった。葉が展開する前、先端がまだ握り拳のような若芽を採る。ポキンと折れる感触が心地よく夢中で摘んだものだ。

どこにでもあるヨモギは、祖母が蓬餅にしてくれた。セリはお浸しになった。かむと酸っぱいイタドリとスイバは子どものおやつ。ほかにもツクシ、ミツバ、ノビル等々。挙げると切りがない。

実家を離れた大学時代は、筍とも山菜とも縁のない生活だった。学生寮は賄い付き。寮を出た後は自炊したが、カレーとチャーハン、インスタントラーメンが三本柱の貧乏学生には安さと量が重要で、旬とか風味とかは無用の長物だった。

山菜が身近に戻ってきたのは、就職して最初に赴任した宮城県の県都仙台だった。東北は山菜の宝庫である。会社の先輩に岩手県出身の人がいて、山菜に詳しかった。人事異動のドタバタが落ち着いたころ、親睦のために山菜を楽しむ「飯盒炊爨」を企画してくれた。先輩の車に先導され、蔵王山麓にある牧場に向かった。

タラの芽

牧場を囲む林縁に沿って高さ二、三メートルの細い木が点々と生えていた。先端には若芽がついている。先輩はそれを採れという。牛が放牧される前の時期で、先輩は広々とした牧場を自在に歩き回る。別の木の枝を鉤竿にして引き寄せ、若芽を摘んでゆく。我々も真似をして芽を摘み取るとたちまち籠が一杯になった。

「これがタランポだっちゃ」と先輩が言い、自分たちが採っていたのがタラの芽だと分かった。私が東北で知った最初の山菜だった。

それは四国では「鬼の金棒」と呼ぶ灌木で幹にも葉にも棘がある。危ないので片っ端から切り倒される厄介者だ。本当に食べられるのか疑ったが、持参した魚介と一緒に天ぷらにすると驚くほど美味だった。若芽のうちは棘も気にならない。皆が競って箸を出し、あっという間に平らげた。

先輩の講釈で、山菜は農家の収入源になっており、タラの芽は人気も値段も特に高いのだと知った。牧場は先輩の知人の所有で特別に教えて貰った穴場だった。

仙台には五年近く住み、その間いくつもの山菜を食べた。ネマガリタケの筍やクサソテツ（現地名コゴミ）、イラクサの仲間の「ミズ」など四国では見たことのない珍しいものがあった。有名なゼンマイは生では食べず干しゼンマイにする。手間をかけて商品化する高級食材で、採集は規制され、素人が迂闊に手出し出来ないことなどを学んだ。

転勤族にとって寂しいのは、ようやく慣れた土地を離れる時だ。それは反面、新しい出会いがあることも意味する。私は四番目の任地札幌でまた山菜に出会うことになった。札幌は学生時代以来十一年ぶり、脳天気な貧乏学生だった私が、親子四人で再訪した。

札幌は当時すでに全国で五番目の大都市だったが、至る所に自然が残っていた。入居した団地前の空き地はフキノトウに埋め尽くされていた。郊外へ出ると山菜スポットがいくつもあった。私は職場の同僚から情報を仕入れ山菜採りに行くようになった。仙台で知ったタラの芽とネマガリタケなどがシーズンを迎えていた。

情報は、現地で出会った人からも仕入れた。たとえば、フキは四国にもあったが、性質など細かいことはよく知らない。漫然と摘み採る私に、来合わせたベテランさんが「一つの株でも身がつまった美味しいフキと、筋ばかりで不味いフキがある」と教えてくれた。

真ん中に立っている太いものが不味い「中フキ」で、外側にある細くて反ったものが美味しい「外フキ」なのだそうだ。私が一生懸命採っていたのは、先行者が見向きもしなかった中フキだった。

山ウドは林道の脇にいくらでも生えていた。良いものがあるのは山側の土が崩れ落ちた場所で、土中で生長した太いものが採れた。

札幌で初めて知った山菜に、ギョウジャニンニクがある。修験道の行者が疲れた時に食べたところ、たちまち元気になったという言い伝えが名の由来という。ニンニクの仲間で幅広の葉を摘むと、強いニンニク臭がし判別できた。ユキザサも教わったものの一つだ。小豆の味がするのでアズキナと呼ばれていた。林床に群生し夏まで採れた。

山菜採りで怖れたのは毒草だった。北海道では至る所にトリカブトが生えていた。芽生えのころの姿は人気の高い山菜ニリンソウと瓜二つで、中毒事故がよく起きた。スズランにも毒があり、食べられるナルコユリに似ていた。初めて採集するものは、必ず図鑑に当たる事にしていた。お陰で中毒したことはないが、妻が私以上に神経質になり、初ものは調理してくれなくて困った。

札幌での生活はわずか二年だったが、山菜体験はどこよりも濃厚だった。仙台でも感じたことだが、北国の人は春の草花や山菜に対する愛着が強いようだ。冬が長い分、春を迎える喜びも大きいのだろうと思った。

転勤と引っ越しを何度か経て、私は平成十一年に現在の家に落ち着いた。今でもよく山野へ出かけるが、山菜採りをすることは少なくなった。

理由の一つは、周辺に山菜が少なくなったこと。開発が進み、野原が減った。二つめは、山菜がスーパーで買えるようになったことだ。かつて苦労して採ったタラの芽やギョウジャニンニクがパック詰めで売り場に並ぶ。

三つめは、栽培できるものは庭で作っていること。庭で採れる山菜はツワブキ、フキ、ノビル、セリ、ミツバ、ユキノシタなど結構多い。今春はツワブキの煮物を作り、柿の葉とユキノシタの天ぷらで春を味わった。

そして、実家の兄から届く筍の存在が大きい。今年は四月初めに大物が五本届いた。早速アク抜きをし、その日から筍三昧を楽しんでいるのだが、お礼の電話を入れたところ、思いもよらぬ事態が起きていた。

兄を嘆かせたのは猪による食害だった。今年はまともに収穫できず、娘たちや我々きょうだいに送るのが精一杯という。食害は以前から聞いていたが、猪は年々大胆になっているそうだ。しかも地中にあるものを牙で掘り起こすことを覚えてしまい、お手上げだと話した。父に教わった「見つける秘訣」ではなく、良く利く鼻で地中の筍を嗅ぎ当てるらしい。

もう一つ驚いたのは筍の収穫方法の革新だ。

従来、伸び過ぎたものは硬くてえぐみが強いとされてきたが、逆に二メートル程度まで伸ばし、先端八十センチほどを切り取って利用する「穂先筍」が出回っているというのである。日本一の筍産地福岡県で、放置林対策として思いつき、十年ほど前から試行した結果、意外に柔らかく、えぐみも少ないと分かった。

コペルニクス的転回だが、各地で導入され、実家でも一部出荷しているという。ラーメンの具として重宝されるメンマへの加工も行われ、寡占状態だった中国、台湾産に対抗すべく期待されているというのだった。筍も日本も先の見通せない時代になったようである。

昆虫の北上

夏休みの自由研究の定番は昆虫採集だった。山村の少年にとって、普段の虫採り遊びがそのまま宿題になるわけで大変好都合である。しかし毎年同じというわけにはいかないので観察日記や植物採集も入れる。ほかのテーマも考えるのだが「自由」と言われるほどテーマを決めにくく、結局昆虫採集に頼ってしまう。小学校の六年間は、半分が昆虫採集になった。

主なターゲットは、カブトムシやクワガタムシなどの甲虫類とセミ、トンボ類。一番好きだったのはカブトムシだった。

当時、小学生にとってカブトムシは昆虫の王様で、夏休み前、学習雑誌でよく特集が組まれた。「カブトムシに分銅入りのマッチ箱を引かせ、引ける重さを調べよう」という記事が載ったり、二匹の角を糸で結び、綱引きをさせる遊びが紹介されたりした。

私の田舎ではカブトムシやクワガタムシを闘わせる遊びをよくやった。クワガタの大顎は鋭く、指をはさまれると人間でも痛いが、体重が倍ほどもあるカブトムシには敵わない。カブトムシ同士では、例外なく大きい方が勝った。捕まえたカブトムシの大きさと強さは、子どものステータスでもあった。

クワガタムシで採集したことがあるのは、オオクワガタ、ヒラタクワガタ、ミヤマクワガタ、ノコギリクワガタ、コクワガタの五種類だった。クワガタにはテントウムシ大のものが数種類いたようだが、名前が分からないので標本にしようがなかった。

一番人気があったのはノコギリクワガタで、艶を帯びた黒褐色の胴体、水牛の角のようにぐいっと曲がった大顎が勇ましく美しかった。バブル経済時代、雄一匹に一千万円の値がつくほど人気が出たオオクワガタは、動作が鈍重で人気薄だった。

甲虫類を捕まえるコツは、虫の集まる木をどれだけ知っているかに尽きる。甲虫は主に

ノコギリクワガタ

ブナ科の木に集まり幹や枝から滲み出る樹液を吸う。昭和三十年代、田舎の燃料は薪や木炭が主力だった。雑木林には薪炭になるブナ科のクヌギやナラの木がたくさんあった。樹液が出ている木を見つけ訪ね歩くのである。

幹や枝だけでなく、切り株の洞や、降り積もった枯れ葉の下にも大物が潜んでいた。学年が上がるにつれ他人の知らない木や場所を覚え、採れる数が増えた。時間帯は早朝が一番で、早起き競争になった。朝寝坊の私はいつも出遅れ、後塵を拝することが多かった。

セミ採りは、使う道具が都会とはだいぶ違っていた。市販の捕虫網はチョウやトンボ向きに口が大きく作られていて、枝にとまったセミを網で押さえても隙間から逃げられる。セミ採り網は自作するものだった。

材料は姫竹と針金、そしてクモの巣である。作り方は簡単で、針金を曲げて直径十センチほどの輪を作り、軸を姫竹の先端に差す。その辺にいるクモの巣を探し、輪に巻きとれば完成だ。

クモの糸の粘着力はなかなか強力で、翅をぴったり押さえれば、まず逃げられることはない。粘着性能が高いのはコガネグモとオニグモの巣、使えない代表はジョロウグモの巣だった。

実家のあたりで採れるセミは、鳴き始める順に、ニイニイゼミ、アブラゼミ、ヒグラシ、クマゼミ、ミンミンゼミ、ツクツクボウシだった。一番人気はクマゼミ。日本産では一番大きく、鳴き声を響かせる腹弁のオレンジ色が印象的だ。力が強いので網の接着力が弱いと逃げてしまう。なかなかの難敵だった。

翅が透明なミンミンゼミとツクツクボウシ、ヒグラシも人気だった。ただしヒグラシは薄暗くなってから鳴くので見つけにくく、捕るのは大変だった。一番簡単なのはニイニイゼミで、一番早く現れ、誰でも捕れるのだが、時期が過ぎると、途端にいなくなる。提出する標本に、一番簡単なものが欠けているという残念な結果になったのは高学年の頃の話だ。

少年期の幸福な昆虫体験は、中学を境に途切れた。天文趣味と同じで、部活や受験準備に追われ、次第に縁遠くなった。昆虫が身近に戻って来たのは、三十年ほど後、現在の家に引っ越してからだった。

狭小な家には狭小な庭があり、果樹や野菜を植えた。風や野鳥が運んだ種からも植物が生え、それらを食べる昆虫がやって来た。ヨトウムシやアメリカシロヒトリなど害虫が多い中、美しいツマグロヒョウモンがいた。

ツマグロヒョウモンはタテハチョウ科で幼虫はスミレを食草にしている。庭にはタチツボスミレが生えていて引っ越した年から卵が産み付けられた。

雌の前翅の先が黒地に白帯のきれいな模様になっている。その模様は別の有毒チョウの擬態だということで有名だ。もともとの生息域は近畿以西の西日本。郷里の四国にはいたが、社会人として勤務した東日本では見たことがなかった。

昭和五十五年ごろから北上し始めたとみられ、私が横浜に住み着いたころには関東に到達していたことを新聞で知った。地球温暖化や環境問題が意識され始めた時代で、私は温暖化に伴う昆虫の北上に関心があった。

北米から長崎へ渡来した松枯れ病が爆発的に広がり始めたのは昭和四十年代末ごろだった。大学生だった私は、帰省中の新幹線から見える岡山県内の松林が枯れ、白骨化しているのを見て愕然とした。

ツマグロヒョウモン

実家周辺も被害を受けていた。松は高級材ではないが、大きいものは大黒柱や梁材になる。山持ちの家では、将来家を建てる時に備えて何本かの松を「立て松」として残す習慣があった。その赤松の大木が、軒並み枯死していたのである。

昭和五十四年に仕事で赴任した宮城県では、日本三景松島の松に被害が出ていた。松島とともに三景に数えられる広島県の宮島、京都府の天橋立も被害を受けた。国や自治体が対策に取り組んだが被害は広がり、平成二十二年には北海道以外の全都府県が松枯れ病に「制覇」された。

原因はマツノザイセンチュウという線虫で、カミキリムシの一種マツノマダラカミキリが運び屋として介在していた。イナゴの大発生による作物被害は聞いて知っていたが、松のような丈夫な樹木が線虫や昆虫にこうまで手酷くやられるとは思ってもみなかった。専門家が「世界四大樹木病害」の一つに数えるようになったと知ってさらに驚いた。

昆虫が関わる病害としては伝染病がある。

デング熱は、東南アジアなど熱帯・亜熱帯に多い病気だったが、日本で発症する例が増えてきた。記憶に新しいのは平成二十六年夏の流行だ。

国内感染は七十年ぶりで、八月末から十月までの感染者数は百六十人に及んだ。海外で罹患したのではなく国内感染だったこと、また患者が最も多く出たのが東京・代々木公園だったこと、さらにテレビ番組の出演者らも罹ったこと、などで大騒ぎになり、ワイドショーが連日取り上げた。媒介したのはヒトスジシマカで、戦後間もないころは栃木県が北限だったが、現在では青森県まで進出している。

セアカゴケグモの侵入も記憶に残る事件だった。阪神大震災が起きた年である平成七年十一月、私は兵庫県西宮市に住んでいた。地震からの復興へ、みんなが懸命に取り組む中、大阪府内で見つかったのが最初で、その後神戸市など各地の港湾都市へ広まった。原産地のオーストラリアから貨物船で運ばれたと推定された。現地では死亡例があった。国は水際で防ごうとしたが阻止できず、ほぼ全国に広がった。初めのころ強毒と喧伝されたことから、ヒステリックな注意喚起が行われたが、毒の強さはそれほどでもなく、性格もおとなしいことが分かり、騒ぎは沈静に向かった。

わが家の周辺で昨年夏、新たな発見があった。一つはクマゼミ、もう一つは名も知らぬチョウである。

クマゼミは、分布の遷移がツマグロヒョウモンに似ていた。かつては西日本にしかいないとされ、中部以北での目撃例は少なかった。昭和五十年代後半ごろから北上が顕著になり、いまでは関東にまで分布を広げている。横浜のわが家でも十年ほど前から声を聞いていた。妻は声と一緒に姿も見ていたというのだが、私は見逃し、その後も見ることが出来ずにいた。

クマゼミに会えたのはインターネットのお陰だった。セミファンの人が神奈川県の城ヶ島で行った生態調査の結果が載っており「クマゼミは島を代表するセミ」と書かれていた。城ヶ島はクマゼミ分布の特異地点で、古くから棲息していたのだという。

城ヶ島といえば、私の釣りのフィールドである。セミのいそうな場所は見当がついた。時間を見つけて訪れた盛夏のある日、島ではセミ時雨が起きていた。「シャーシャーシャーシャーシャー」と、息のつまりそうな強烈な音である。その声を頼りに双眼鏡を向けると、大きなクマゼミが何匹も重なるように枝にしがみついていた。間近で見るのは、家族で四国に帰省したとき以来で、約三十年ぶりだった。

クマゼミ

もう一つの名も知らぬチョウは、よこはま動物園ズーラシアにいた。後翅の赤い斑点が目を引くきれいなチョウで、植え込みのケヤキの葉に卵を産み付けている最中だった。持っている図鑑には記載がなく、ネットで検索して「アカボシゴマダラ」という名前にたどり着いた。国蝶のオオムラサキに近いタテハチョウの仲間だった。驚いたのはその来歴である。

もともと東南アジアや中国などに分布、日本では奄美群島にいた。奄美以外で最初に発見されたのは埼玉県で、平成七年のことだ。その後神奈川などで次々と見つかり、関東各地で繁殖が確認された。

アカボシゴマダラ

遺伝子解析から中国原産とみられ、「放蝶ゲリラ」と呼ばれるマニアが故意に放ったものだと考えられている。幼虫がエノキを食べるオオムラサキなどと競合する恐れがあり、去年一月、外来生物法の「特定外来生物」に指定された。最長三年の懲役刑がある厳しい法律で、もし私が卵を持ち帰っていたら刑事罰を受けた可能性があった。

アカボシゴマダラは、その後自宅近くの公園でも見かけるようになった。人を恐れず悠々と舞い飛び、翅の赤い星が美しかった。

思えばチョウには何の罪もないのである。美しさ故に遠い中国から連れてこられ、環境になじんで繁殖するようになったら、今度は侵略者扱いをされる。まことに理不尽な話ではないか。故郷を離れて半世紀、アカボシゴマダラと同じ時期に関東に住み着いた者として、深い同情を覚えたのだった。

磯遊び

実家のある愛媛県八幡浜市は、宇和海を挟んで九州と向かい合う漁業の街だ。底引き網漁や巻き網漁、鯛の養殖などが行われ、水揚げは四国有数。鮮魚は全国に出荷され、雑魚はかまぼこやじゃこ天に加工される。宇和海と瀬戸内海がつながる豊予海峡は特に好漁場で、大分・佐賀関のブランド魚「関サバ」「関アジ」の産地として知られる。

同じ海域で獲れる魚は愛媛県側にも揚がり、佐賀関に対抗して「岬《はな》サバ」「岬《はな》アジ」の名前で売り出し中なのだが、知名度、市場価格とも遠く及ばないのが残念である。実家はみかん農家で漁業とは関係ないが、裏山の尾根を越えれば眼下は宇和海。山の子なりに海を楽しんだものだ。

磯遊びシーズンは春四月、潮干狩りからスタートする。宇和海に面した南予地方は、半島と入り江が交互に続くリアス式海岸である。半島の先は荒磯、入り江は浜になっている。

浜といっても大抵は小石交じりの「砂利浜」で、しかも多くが埋め立てられ民家や漁港になっていて潮干狩りの出来る場所は限られていた。よく通ったのは市の南西部にある大釜だった。小さな陸繋島「ねずみ島」があり、潮が引けば歩いて渡れる。なかなかの景勝地で、遠足の行き先にもよく選ばれた。

大釜の浜

初めての潮干狩りは、小学校に上がる前だったと記憶する。母と二人の姉に連れられ、近所の家族と一緒に出かけた。持ち物はおにぎりと水筒、熊手、バケツ。標高三百メートルの尾根から海岸まで三十分、さらに海沿いの未舗装道路を三十分余り歩いた。
採れる二枚貝は、ほぼアサリだけだった。大釜は砂利浜で、小石をどけながら探すのだから採れる量も少ない。それを補ったのは「ニナ」と総称する巻き貝だった。大釜近辺の「ゴロタ場」にいた。ゴロタとは砂利より大きい丸石のことだ。

実家の方言で「ツベタカ」「ニガニシ」という比較的大きい貝や、名前も知らない小ぶりのものが何種類か採れた。アサリは味噌汁の実になり、ニナは大人の酒の肴や子どものおやつになった。

潮干狩りの時期は海藻の季節でもある。アサリとほぼ同じ場所でアオサが採れた。佃煮にすれば長くもつので母たちは貝そっちのけで採っていた。海に滞在するのは三時間ほどだったと思う。満ち潮が踝を越えるようになると帰宅時間。弁当を食べ、やって来た道を戻る。同じ道だが、今度は三百メートルの登りである。学齢前の子どもには辛い。母と姉に荷物を押しつけても、なお往路の倍以上の時間がかかった。


海水浴は夏のメインイベントだった。市内と隣町の数カ所へ順繰りに通った。一番印象に残ったのは、宇和海に浮かぶ離島・大島の海水浴場だった。バスで市街まで出て港から船で渡った。一括りに大島と呼んでいたが、三つの島が並び、橋でつながっている。橋のあるあたりが海水浴場になっていた。

海路は片道一時間ほどかかるが、船旅という非日常体験が楽しかった。トビウオが飛ぶのを初めて見たほか、世界最大の海亀「オサガメ」を目撃したのも大島航路の船上だった。

一番遠かったのは県内最大の川で瀬戸内海に注ぐ肱川河口に近い長浜海水浴場で、当時四国唯一だった水族館があった。私は海水浴のつもりだったが、水族館見学がメインの課外学習だったかも知れない。

山の子にとって水泳は難易度の高いスポーツだった。運動神経は良いほうだと思っていたが、息継ぎが難しくそれを練習する場所がなかった。戦前生まれの兄たちは自宅近くのため池で泳いだというが、父は私が泳ぐことを許さなかった。

ため池はすり鉢型になっており、転落すると一人ではなかなか上がれない。「何年か前、どこそこの池で小学生の死亡事故があった」と例を挙げ、強い口調で禁止された。海水浴に行けるのは、せいぜい年に二、三度。指導を受ける訳でもなく、浮き輪にしがみついて騒ぐだけでは上達するはずもなかった。

泳げるようになったのは六年生のときだ。前年夏に完成した中学校のプールは校区内の小学生も使うことが出来た。七月に入ると何度か水泳の授業があった。安全なプールで息継ぎを覚え、二十五メートルのコースを往復できるようになった。

泳げれば潜れる。私は父に水中眼鏡とヤス（モリ）を買って貰い、素潜り漁を学んだ。

師匠は二つ年上の先輩だ。先輩は運動神経が良く、遊びの達人だった。山の子なのに泳ぎが得意で、釣りも素潜りもお手のもの。頭もよく、農家を継ぐため入った高校の園芸科で勉学に励み、大学に進んで獣医になった。

獲物は小魚やタコ、サザエなどだった。水中の魚介は海藻や岩の色に同化して見えにくい。一度見つけても息継ぎで顔を上げるともう分からない。特にタコが難しかった。先輩は、カニの殻や足が散らばっているところや不自然に砂がたまったところを探すのだと言い、実演して見せてくれた。水面に浮かんで海底を観察し、目線が止まったと思うといきなり潜る。何もいるとは思えない石の下にヤスを突き入れ、ひねりながら引き抜くと、大きなタコが墨を吐きながら現れた。あっという間の出来事だった。

この日私が採ったのは数個のニナだけ。一緒に行った仲間も似たようなものだった。先輩はその後何匹もの魚と数杯のタコを獲り、私たちに分けてくれた。

タコは磯遊びで人気の獲物で、父もよくタコ獲りに出かけた。時期は秋口だったと思う。時間は夜。私も一度ついていったことがある。

道具は、われわれが使うヤスではなく、竹の先に大きな鉤を八本ほど結わえた「引っ掛け竿」だった。漁法も潜るのではなく上から海中を見て探す。そのために必要なのがアセチレンランプだ。すでに懐中電灯が広まっていたが、夜の漁には光量が足りなかった。

アセチレンランプはカーバイドと水の反応で発生するガスを燃やすもので、構造が単純で強力な光が得られる。カーバイドを満タンにすれば一晩もつ持久性もあった。

漁場へ向かう道中、父は夜にタコ漁をする理由を話してくれた。タコは夜行性で、昼間は物陰にいて近寄ってきた獲物を狙う。夜になると隠れ家から這い出て積極的に獲物を探す。「夜のタコは大胆でのう、石の上で胡座をかいとるがじゃ」と言った。

着いたのは、潮干狩りをした大釜に近いゴロタ場だった。父は地下足袋に滑り止めの藁縄を巻き、ランプと掛け竿を持って海に入る。私は陸で様子を見守る。波静かな夜で光が当たると水底が見えた。

数分後「おったぞー」と大きな声。父がランプを向けた石の上にタコが悠然と鎮座していた。父は苦もなくタコを掛け、頭上に掲げて見せた。その夜の獲物は五、六杯だっ

アセチレンランプ

たろうか。大物揃いだった。帰路の父は饒舌で、タコを掛けるコツと掛かった時の感触を熱く語り続けたのだった。

磯遊びは、高校に入ってから進化した。私をマンドリン部に勧誘した同級の友人は、隣町に住み祖父が漁師だった。祖父の伝馬船で舟釣りを教わった。何度も通ったので夏休みは「釣り合宿」状態になった。

私はそれで満足していたが、あるとき友人が「魚は君が持って帰る分だけにして、素潜りをやろう」と言い出した。友人は、実は大の魚嫌いで、おかずが魚だと食事を残すのだという。漁師の孫の意外な嗜好に驚いたが、素潜りは私にも経験がある。二つ返事で同意した。

主なターゲットは四種類。採り易い順に、チャッポラポン（バテイラ）、カラクサビ（トコブシ）、サザエ、アワビだと言った。

二つは分かったがあとの二つは初耳だ。説明を求めると、「採ったら分かる」と言い、いきなり実戦に連れ出された。獲物はみな海藻を餌にしている。着いたのは集落から少し離れた磯だった。

タコ獲りのときと同じで、最初は見学だ。

磯金という漁具を持った友人がまず見つけたのはカラクサビで、アワビそっくりの形をしていた。殻長五センチ余り、アワビよりだいぶ小さいがそれで成貝。つまり「小アワビ」というような意味らしい。岩の割れ目に潜んでいるのを磯金を差し込んで剝がしてゆく。

次に採ったのはチャッポラポン。見れば潮干狩りで採れるツベタカだった。どちらもバテイラの方言だが、ツベタカの呼び名は富士山のような殻の形から来ている。チャッポラポンは貝を海に落としたときの音からついたのだという。愛嬌のある名前なので、私もそちらを使うことにした。

チャッポラポン（バテイラ）

タコ漁の経験があったから、コツは程なく摑んだ。立ち泳ぎを習い、少々の波なら浮いていられるようになった。チャッポラポンとカラクサビ採りをマスターし、深いところにいるサザエも採れるようになった。

二年目には、最難関のアワビを見つけた。友人がそれまで採ったどれよりも大

カラクサビ（トコブシ）

きかったそうだ。採れた獲物は塩ゆでにしてテレビを見ながら頂いた。合宿は日帰りと泊まりを合わせ、十日ほど。私は「海の子」気分を満喫した。そんな生活が、大学三年の夏まで続いた。

社会人になった私はアウトドア派を自認し、野鳥観察や釣り、登山などを趣味にしたが、磯遊びは途絶えてしまった。日々の忙しさに加え転勤も多く、機会に恵まれなかった。非漁業者の磯物採捕を厳しく取り締まるようになったのも一因だ。

グルメブームで地方の珍味が流通し始め、商品価値が低かったカラクサビやチャッポラポンが見直され、さらにフジツボやカメノテまで出荷されるようになった。磯ものは漁港の直売所で探すものとなり、インターネットが普及してからはネット通販で買うものになった。

しかし、そうやって買った魚介の味は、自分で採ったものには及ばないように感じた。鮮度とか産地の違いというより、自分で採って食べるということが楽しみだったのだと気がついた。

昨年夏、久々にチャッポラポンなどの魚介セットを取り寄せてみた。友人に電話をかけ、忘れかけていた魚介類の名前や漁法、道具のことを尋ね、ついでに私のような余所者が遊びで海産物を採ることを漁師たちはどう思っていたのかを聞いた。

友人は祖父の言葉と断ったうえで「漁師はプロの漁業をしている。網でも釣りでも漁師の獲物を漁師のやり方で獲る。チャッポラポンやカラクサビは女子どものものじゃ。山の子が楽しみで採って何の問題があろう」と言って笑った。漁師のプライドと、故郷の大らかな気風を感じた。

チャッポラポンを食べながら、私は半世紀前のさまざまな出来事を思い出していた。

日照り

四国地方の、今年の梅雨入りは六月二十六日だった。平年より二十一日遅れで観測史上最も遅い入梅となった。実家の兄はみかん農家だが、ビワやスイカも作っていて毎年送ってくれる。お礼の電話で話すのは、決まって作柄と天気のことだ。

今年は入梅の遅れが話題になった。水不足ではないかと尋ねると「今のところは大丈夫じゃ。降らんと困るが降りすぎも困る。みかんが太るときに降ってくれんとのう」と言った。

愛媛県は柑橘類の生産量が日本一。中でも南西部の海沿いは、甘くて濃厚なブランドみかんで知られる。ただし地域の大半が山地で大きな川もないことから、ずっと旱害に悩まされてきた。平成の初めに完成した「南予用水」のお陰で水事情は大幅に改善したが、天水の恵みを望むのは今も昔も変わらないのだった。

私が実家で過ごした十八年間、水道は断水するものだった。農作物に被害が出る旱害も数年ごとに起きていたと記憶する。昨年刊行された『八幡浜市誌』には、明治以降の八件の旱害について記載されている。

とりわけ被害が大きかったのは昭和四十二年の大旱魃で、七月十三日の梅雨明けから十月三日まで八十三日間、晴天が続いた。市内の川はすべて干上がり、井戸も涸れた。水道の給水制限が実施され、みかん農家は練り物工場やジュース工場の排液をもらい受け、ドラム缶で畑に運んで灌水した。

人工降雨の試みが繰り返されたが効果はなかった。夏みかんの五十%、温州みかんの七十二%が被害を受け、乾燥に強いサツマイモも九十%に被害が出たと書かれている。

当時私は中学校一年生だったが、家で起きたことを断片的に覚えている。

集落の簡易水道は早くから断水し、水が出ても一日二、三時間。水流は弱くバケツ一つを満杯にするだけでひどく時間がかかった。実家の井戸も干上がった。他家と比べて水量の多い井戸だったのに、底石が完全に露出してしまった。

普段は困りものの台風だが、このときばかりは上陸を願い、家族全員でテレビの天気図をにらんだものだ。期間中台風は二十個以上発生したのだが、四国には一つもやってこなかった。

市誌には載っていないが、大旱魃の二年前も水不足だった。通っていた布喜川小学校の水道がストップした。学校へは実家のある横平集落の簡易水道から給水していたのだが、年が明けてから雨が全く降らなかった。水道が止まったのは春三月のことだ。

校地内にあった井戸から児童が総出でバケツリレーをした。井戸にはゲジゲジが潜んでいたが、やむを得ず飲み水や手洗いに使った。夏に向けての危機感から学校とＰＴＡが陳情した結果、専用の水道建設が決まり八月末に完成した。水源は隣の集落にある市内一大きい「富田池」の湧き水で、水量も安定していた。残念だったのは小学校が三年後に廃校になったことで、水道の活躍は短期間で終わった。

富田池

横平集落の簡易水道施設は実家の真下にあった。三カ所の共同井戸から取水し、日照りで足りなくなると離れた場所の湧き水をポンプで汲み上げて補った。小学校に入るころだったろうか、施設の改修工事が行われ、コンクリートの沈殿池と濾過池が整備されて、ある程度安定して使えるようになった。

実家には、炊事場と牛舎前など蛇口が三つあった。炊事場には高さ一メートル余りの大瓶があり、いつも水道水が満タンに溜めてあった。木の蓋をし、柄杓が置かれていた。水を使った後、蓋をし忘れると叱られた。

瓶の水は、昔は裏の井戸から運んだ。裏の井戸が涸れると共同井戸へ通った。簡易水道が出来てからも瓶に水を張り続けたのは、断水への備えであり「水は命」という農家の気持ちからだったろう。

農業用水はもっぱらため池が頼りだった。子どものころ、農業の中心は稲作で、狭い棚田が何十段も連なっていた。ため池は一番上の田んぼのさらに上にあり、下の田に水を落としてゆく。途中にもいくつか池が造られ、水が行き渡るようになっていた。別の沢筋も同様で、集落全体では二十近くあったと記憶する。水田はほとんどがみかん畑に変わったが、ため池は現在でもまだ数カ所残っていてみかんの灌漑に使われているそうだ。

母の故郷は、県内最大の肱川の上流部、西予市宇和町である。宇和町は山に囲まれた盆地の町で、南予地方随一の米どころだ。

母の兄・横手好男は中学教師で、尋常小学校を卒業後、醤油屋などの奉公や学校の用務員などをし、独学で教員免許を取った苦労人だった。大きな一枚田と若干の山林を所有する日曜農家でもあった。

私は、小学校の夏休みには毎年伯父の家へ遊びに行った。従兄弟は男ばかり四人。私の兄姉たちとそれぞれ年齢が近く、私以上に行き来したようだが、末っ子の私は年が離れていて遊び相手がおらず、中学生だった四男耕造のテニスの部活を見学したり、伯父の農作業を手伝ったりした。

山林の下草刈りで伯父に付いていった時のことである。所有林へ行く道沿いに、段々畑のように続く大きな池が三つあった。それぞれが富田池ほどの広さで、深くて底が見えない。道から切り立った崖になっており、吸い込まれそうで怖かった。

池のことを覚えているのは、宇和盆地にため池が多いのが不思議だったからだ。山村で水利に恵まれないわが集落なら分かるが、宇和町には大きい川がある。川水を汲めば間に合うのではないか。伯父に疑問をぶつけると、伯父は盆地の成り立ちから話してくれた。

「太古、宇和盆地は全体が湖だった。周囲の山から土砂が流入し、九州から火山灰も降ってきて湿地になった。人びとは水はけの良い盆地の周縁部に住み、湿地を開墾した。宇和川は、たしかに流量が多いが、川は一番低い場所を流れる。水を汲み上げて盆地に行き渡らせるのは難しい。そこで田んぼより高い周縁部にため池を造り、灌漑に供した」

さすがは教師、すっきり分かった。


高校卒業後、私は主に東日本に住んだので、伯父宅を訪ねる機会は多くなかった。遍路参りで帰省した昨年秋、墓参を兼ねて訪ねた。

伯父は昭和五十六年に亡くなり、伯父宅は、長男の道明が継いでいた。兄弟四人中三人が教師になった教員一家で、道明は中学校の、次男克紘は私立高の、三男英彦は小学校の教師になった。

道明は美術教師だったが、その後県教委へ移り定年まで勤めた。そのことを私が知ったのは、平成十三年二月にハワイ沖で起きた宇和島水産高校の実習船「えひめ丸」の沈没事故がきっかけだった。

米軍の潜水艦が浮上する際実習船にぶつかり、教員五人と生徒四人が亡くなった大事

宇和川の揚水施設

件で、勤めていた新聞社の松山支局にいた後輩も取材でハワイへ渡った。現地の対策本部を仕切り、報道対応もしたのが横手指導部長だった、と教えてくれた。
当時のことを尋ねると「実はその年の三月が定年で、教え子が送別会の準備をしてくれていた。自分ものんびりしようと思っていたら、突然出張命令が出た。知事直々の話だったし、自分が人事の責任者だったので断りようがなかった」と語り、「異国での三週間、疲れ果てたよ」と笑った。
伯父宅の田んぼは、まだ耕作されていた。伯父に聞いた昔話をすると、道明は水利権のことを教えてくれた。
農業用水の配水先は水利権で決まっていて、家の隣にある池でも権利のない者は使えない。宇和川から揚水機で汲み上げている川水も同様だ。だから日照りの時は水争いが起きた。それを調整する「水守」という地域の役職があり、定年後の伯父も頼まれて務めた。教師だったので顔が広く、適任と思われたのだろうと言った。

南予地方の水問題を解決することになった南予用水は平成八年に完成した。宇和海に面する二市七町、十七万人（当時）に上水道と農業用水を供給する目的で計画された。契機になったのは昭和四十二年の大旱魃だった。主要産業の柑橘栽培が大打撃を受けたことで機運が高まり、二十二年がかりで完成にこぎ着けた。

水源は肱川中流域に造られた野村ダムで、貯水量が多く、用水完成後、南予地方で旱魃は起きなくなった。住民も行政も諸手を挙げて称え、それまで簡易水道しか使ったことの無かった実家の兄は水道が市の直営になったことを喜んだ。良いことずくめに思える中で、残念で悲しい出来事が起きた。昨年七月の「西日本豪雨」である。

豪雨は六月末から七月八日にかけて西日本を襲い、十四府県で約三百人が犠牲になった。愛媛県では三十三人が亡くなった。

従兄弟の住む西予市では、野村ダムと鹿野川ダムからの放流で肱川が氾濫し、五人が死亡。下流の大洲市でも四人が亡くなり、一人が行方不明になった。西予市の従兄弟宅は無事だったが、大洲市に住む中学校の同級生、坂本ひろみさんが被災した。

安否を尋ねたメールに「一階の天井まで水につかり、車二台が見えなくなりました。犬を死なせました」と返信があった。その後、ダムから基準の六倍の水を放流したと伝える新聞紙面やスマホの現場写真が届いた。

大洲市内の冠水

ダムの管理者は、ルール通り放流を連絡したと言ったが「近所には放送もサイレンも聞いた人がいない。財布一つで逃げた人もいた。ダムはいらない。若いころ聞いた通りになりました」と書いていた。

豪雨による自然災害ではあるが、放流に至る判断や住民への周知のしかたなど、人災の要素が強いことが分かった。

被災後一年になる今年七月七日に送ったメールには、飼い犬の死を悼む言葉が返ってきた。愛犬は「華」といい、十七年一緒に暮らした。

「十七歳の娘をなくした気持ちです。首まで水に浸かって捜したけれど見つからず、諦めなくてはならなかった、その時間が思い出されて、心の傷になりました」とつづっていた。

みかん農家にとって救世主だった南予用水のダムが、人に大きな仇をなしたことを思い知らされ、返す言葉がなかった。

ふんの賜物

犬派か猫派かと問われれば、私は断然猫派である。

幼少のころ実家では犬と猫を飼っていた。犬は「ぽち」という名の茶色の雑種で、蔵の前の小屋に繋いでいた。小学校へ上がる前だったと思う。母に餌やりを頼まれ、残飯をよそった器を持って行った。

息急ききって食べる犬の頭を撫でようとした途端、うなり声とともにかみついてきた。痛みよりその剣幕に驚き、私は大泣きに泣いた。母は私を宥めながら「餌を食べる犬に手を出したらかむに決まっとる」と諭した。この一件で犬が人をかむことを知り、私は犬が嫌いになった。

同じころ、猫が二匹いた。「たま」と「きじ」といった。たまは三毛の雌猫で、日本猫特有の丸尾だった。ネズミ獲りが上手で、時にはモグラやスズメ、セミなどを捕らえた。いつも食べるわけではなく、何度かは私にくれようとした。私を自分の子だと思っていたのかも知れない。

冬になると木炭炬燵に一緒に潜り、一酸化炭素中毒を心配する親に叱られた。夜は布団に入ってきた。寝間の押し入れで毎年のように子を産み、子猫は近所に貰われていった。きじは貰い手の現れなかった子どもだった。

実家を出た後、私は一度だけ猫を飼ったことがある。

就職した会社の初任地・宮城県でのことだ。鳴子温泉郷にある旅館を継いだ知人を訪ね、帰り道に小さな湖に立ち寄った。きれいな湖で観光名所になっていた。湖岸を歩いていると段ボール箱が流れてくる。中には子猫が五匹入っていた。目が開いたばかりで、弱々しくミーミー鳴いていた。

居合わせた土産物屋の女主人に告げると、「飼えなくて困ったのか時々流す人がいるのよ。仕方がないから店に置いて里親を探してみるわ」と引き取ってくれた。責任を感じた私は一番貰い手のなさそうな黒猫を貰い、車に乗せて連れ帰った。

全身真っ黒だったので「黒ん太」と名付けた。そのころ妻が妊娠し、間もなく双子だと分かった。双子を育てる大変さと衛生面から妻が自分の実家に預けることを提案し、貰われていった。
2Kの狭いアパートから庭付きの一戸建てに移った黒ん太はのびのびと育ったが、数年後、近所のボス猫と争い、その時のけがが原因で死んだ。遺骸は庭の姫林檎の木の下に葬られた。私が昔の飼い猫のことを思い出したのは、横浜の自宅周辺に出没する野良猫の中に、そっくりの三毛猫と黒猫がいたからだ。

引っ越してきた二十年前、野鳥の来る庭を目指して餌台を置き、鳥の食べそうな果樹や草花を植えた。野鳥の観察記録と庭造りの記録を残したいと思い、ホームページを作った。

野良猫は、近所の人が「外猫」のように世話している一群で、わが家の庭を通路とトイレにしていた。猫好きながらトイレ扱いは迷惑なので忌避剤を撒き、微妙な間柄が続いたある日、妻が猫の奇妙な行動に気づいた。

野良猫の一匹が鉢植えのキウイの木を嗅ぎ、幹に体を擦りつけていた。タコのようにふにゃふにゃになり、酔っ払っているように見えた。同じ行動がその後何回か続いた。理由が分からずにいたところ、隣家の小学生が教えてくれた。

「キウイはマタタビの仲間で猫には麻薬なの。匂いに惹かれて寄ってきたんだよ」

キウイに擦り寄る猫

キウイを植えたのは、先に植えていたサルナシの花が結実しないため、キウイの花粉で人工授粉できないかと考えたからだ。キウイがサルナシの栽培種でマタタビ科なことも「猫にマタタビ」の話も知っていたが、それまで庭のサルナシに猫が反応することは無かったので、すっかり油断していたのだった。一番ひどく酔っ払ったのは態度のでかい三毛猫で、実家で飼った「たま」にそっくりだった。三毛のほか茶猫が同じ行動をし、全部で三回写真撮影に成功した。撮影したのはすべて妻である。

この様子をホームページに掲載したところ、サイトを覗いた知人らが面白がってくれた。

ホームページを公開したのは平成十四年二月二十日。わが家がインターネットに接続してから三年目だった。サイト名は「ふんの賜物」とした。

載せるのは庭の植物や動物、昆虫などだ。その中のマンリョウやピラカンサ、グミ、ネズミモチなど、実をつける木々は、鳥の糞によって運ばれたものだった。サイト名はそれに因む。同じようにして雑草も生えた。知人に貰ったり交換したりした花の苗や種苗店で買ったハーブなども加わり、庭の住人は二百種近くになった。

坪庭ほどの小さい庭でも、観察を続けると結構発見がある。その一つが「優曇華の花」だ。

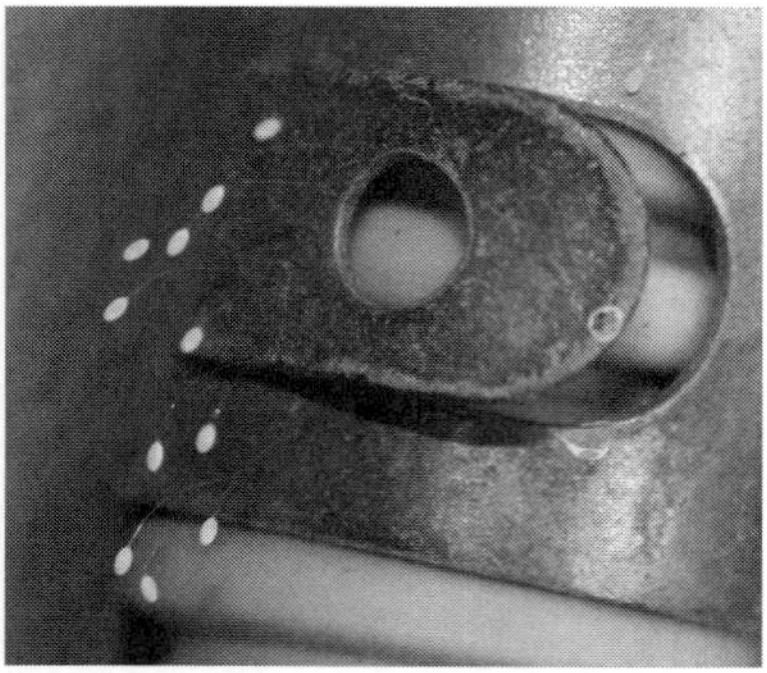
クサカゲロウの卵

優曇華は法華経に出てくる伝説の花で、三千年に一度咲き、花が咲いた時には理想の王「金輪王」が出現すると伝えられる。現実世界では南アジアに自生するイチジク属の植物が当てられた。また昆虫のクサカゲロウの卵も優曇華に擬された。
私が庭で見つけたのはクサカゲロウの卵で、エアコンの室外機に産み付けられていた。楕円形の砂粒ほどの卵は、糸で吊した格好をしており、花の雄蘂にも見える。孵化した幼虫は、虫の死骸や枯れ葉を背負って偽装するユニークな生態で知られる。実際に見つけた幼虫は、写真に撮ってもアップで見ても虫とは分からないほど上手な偽装だった。

昆虫の多くが卵を産みっ放しにする中、子育てをすることで知られるハサミムシは、草むしりの最中に発見した。半日陰に置いた植木鉢の下に巣があり二十個ほどの卵を抱えていた。

鉢をずらした弾みで散らばった卵を、一つ一つ必死で集める。こちらに気づくと尻にある鋏を振り立てて威嚇する。無毒なので怖くはないが、あまりの必死さに慌てて鉢を戻した。母虫は孵化後も面倒をみるそうで、身につまされる思いだった。

野鳥以外の庭の住民で、私が気に入っているのはヤモリだ。初めて出会ったのは転居して間もない夏の夜、門灯のそばに隠れていた。灯に集まる蛾を待ち伏せしていたのだろう。帰宅した私に気づき、門灯の裏に隠れた。明かりにシルエットが浮かび、ヤモリと分かった。

その後、勝手口や物置に潜む個体も見つけた。物置の中には破れた卵の殻があり、わが家で繁殖していることが判明した。昔から「ヤモリが出る家は縁起がいい」という。

俚諺のたぐいは信用しないが、この言い伝えは信じてもいいと思った。

ヤモリはときどき家の中にも入ってくる。大歓迎なのだが、たまに残念な出来事が起きる。台所の隅に置いたゴキブリ捕り器に入ってしまったのだ。死んでから時間がたっていたようで干からびた姿が哀れだった。

ゴキブリ捕りは諸刃の剣である。巣を張らないクモ、アシダカグモが入ったこともあった。大きいものは子どもの手の平ほどになり、姿も恐ろしげで嫌う人が多いが、ゴキブリを好んで食べる益虫である。

父が「アシダカは益虫じゃ。殺すな」と言っていたので私は殺したことがない。罠に捕まったのは子どもだったようで、人影に驚いて罠に逃げ込んだのだろう。救出を試みたが、粘着シートは強力で、ピンセットで引き剝がそうとすると足の方がちぎれてしまい、助けられなかった。


当初ホームページに掲載する題材は自宅専門としていた。原付バイクに乗るようになって行動範囲が広がり、周辺の公園や少し遠い里山公園も加えることにした。その一つに「ヘビのあみだ籤」と命名した写真がある。

わが家に近い公園の前で妻が撮影したものだ。公園は道を挟んで小学校と向き合っており、小学校側は高さ六、七メートルの擁壁になっている。積み上げたコンクリートブロックの目地は横筋と縦筋を引いたように見える。

十年余り前の六月中旬のことだ。妻によると、最初は擁壁の下で二匹のアオダイショウが戯れていた。二匹は近づいてくる妻に気づき、慌てて擁壁を登り始めた。大きい方のヘビが先行し、その後をもう一匹が追っているように見えた。

縦に登っては横に進み、方向を変えてまた縦に登る。それは、あみだを鉛筆でなぞるようだった。二匹は最上部近くまで登り、クズの葉の陰の水抜き穴の中へ姿を消した。数分間の出来事だったという。

当時妻が使っていた携帯電話のカメラは、一枚ごとに保存動作が必要だった。懸命に手を動かし五、六枚の写真が撮れたが、妻はもの足りなかったらしい。「決定的な場面はいくつもあったのに、カメラ機能が貧弱で」と、たいそう残念そうに語った。

公園には昔の相模野を偲ばせる木立が残っていて、子どもがセミやクワガタを

擁壁を登るアオダイショウ

アミガサタケ

採ったりする。山桜の大木もあり、私の花見スポットの一つだ。コンニャクの仲間のカラスビシャクや、春先に出る珍しいきのこ・アミガサタケも生えている。

バイクで二十分ほどの、少し遠い里山公園は規模が大きく、野鳥観察の人気者カワセミのほか、オオタカやシギなど多くの野鳥が見られる。両公園の出来事は、ホームページの彩りになった。

私がホームページを定期的に更新出来たのは、七年ほどだった。仕事の持ち場が変わって時間を割けなくなり更新は減った。その間、庭も変わった。

一番の変化は餌台を撤去したこと。周りの空き地に家が建ち「フン害で迷惑をかけないよう」自粛した。バイクの保管場所を確保するのと、日照確保のため梅の木を伐った。隣家にはみ出したビワも伐った。やぶ蚊対策でメダカを飼い始め水槽を三つ置いた。貰ったコンニャクが花を咲かせ、娘がくれたブドウの苗が実をつけた。そして今年、私はサラリーマン生活を終えた。

　小さい庭は変化し続け、自由な時間は増える。庭にもホームページにもマメに手を加え、前向きに維持・改修したいと思う今日この頃である。

双岩物語

四国の田舎の実家には屋号がある。意味も分からず覚えた呼び名は「さこ」といった。屋号は、武士のほかは苗字を名乗れなかった江戸時代、農民や商人が取引のために使い始めたといわれる。屋号でよく知られているのは歌舞伎の名跡や老舗の企業や商店など。人気商売の役者や企業にとって屋号は大切な看板だった。今風に言えば「ブランド」である。大企業と一緒には出来ないが、集落の屋号もけっこう便利に使われている。

実家があるのは八幡浜市の横平集落。集落で一番多い苗字は井上、次いで菊池。二つではぼ半分を占める。摂津、宇都宮も数軒ずつあり、苗字では個人を特定出来ないため名前で呼ぶのが普通だ。さらに名前の上に屋号をつける。私なら「さこのせいじ」となる。

屋号が活躍するのは、たとえば回覧板など「家」への届け物だ。また、老人と小学生のように年が離れている場合も屋号を出せば見当がつく。数年前のことだが、法事で帰省した時に出会った男性は私よりだいぶ年配で、互いに相手が思い浮かばなかった。私はとっさに屋号を使うことを思いつき「さこの六人兄弟の末っ子です」と言うと、回路がつながった。屋号から互いの家族が分かった。その人は他県からのUターン者で私の姉の一人を知っていた。

大阪に住むすぐ上の姉いつみは、距離が近い分実家との行き来が多く、親戚縁者や集落の事情に詳しい。法事の後、四方山話になったのだが、屋号が頻出し多くを忘れていた私とは話がかみ合わない。業を煮やした姉は「口で言うても埒があかん。紙に書いて送ってやる」と言い、すでに他所へ転出した家も含めた三十九戸分の屋号地図を送ってくれた。

屋号の由来で多いのは地形や家の位置関係を表すもので、一番高い場所にある家は「空」。集落の下の方にある家は「下《しも》」という。下のさらに下は「大下」である。沢をはさんで反対側の家は「向かい」、県道の切り通しにあった駄菓子屋は「堀切」だった。神社の下の家は「宮の下」、小さな庵の隣にある「庵の脇」「寺前」など。家業が取られたのは「たばこ屋」だ。

面白いのは、家を移転しても屋号は変わらないことだ。宮の下は、私が生まれる前に現在地に移っていたのに宮の下と呼ばれ続けていた。わが家も本籍地から離れたところに移築したが、屋号は元のままだ。

こうした屋号の由来は姉が作った地図を見ながら姉に聞いた話だ。姉が知らない古い話は長兄に聞いた。長兄は屋号の成り立ちから教えてくれたが、どうしても由来の分からない屋号が三つ残った。「かいまり」と「えびねんと」、そして実家の「さこ」である。よその二軒はともかく、実家の由来が分からないのは口惜しい。インターネットで調べたところ、地名ではなく人名でヒット。「佐古」と「迫」が見つかった。佐古姓は徳島県がルーツで、居住地の地形に由来する。意味は「狭い谷」で、中でも特に「山谷で水がないもの」と書かれていた。「迫」も同様の意味らしい。

実家は山の中腹に建っており、母屋と蔵の間に幅一メートルほどの川がある。雨が降った時しか流れない枯れ川で、埋め立てて暗渠になっている。まさに「狭い谷川」ではないか。断定は出来ないが、「さこ」はこの地形のことを意味しているように思われた。物心ついて以来半世紀あまり抱いてきた謎が、やっと解けたと思った。

私は昭和二十九年八月、愛媛県西宇和郡双岩村に生まれた。当時は「昭和の市町村大合併」が進行中で、双岩村も例外ではなく、翌三十年二月一日、八幡浜市に吸収合併された。生後半年、自分の足で村の土を踏み歩く前に私の村民時代は終わった。

高校を卒業して実家を離れ、故郷とも縁遠くなっていた私が、消えた双岩村のことを調べ始めたのは双岩中学校の閉校式がきっかけだった。同窓生のすべてが、母校がなくなることを惜しみ、同時に「双岩の名がまた一つ消える」と悲しんでいた。話を聞くうちに、自分の村に対する興味と愛着が深まっていった。

双岩三山の大窪山（左奥）、御在所森（右奥）、雨請峰（撮影場所）

双岩村は明治二十三年三月、町村制施行に伴い、それまであった五つの村が合併して生まれた。大正八年に発行された双岩村誌によると、村の面積は約十平方キロ、大正元年時点の人口は三千九十二人。当時としてはありふれた規模の村だったろう。
雨鼓山を中心に「双岩三山」と呼ばれる大窪山、

御在所森、雨請峰の分水嶺で区切られた海なし村で、山地が大半を占め主要産業は農林業だった。

村に関する情報を最も多く教えてくれたのは、中学校の先輩内藤新作さんだった。内藤さんは市役所に長く勤めた行政の専門家である。故郷についても熱心に調査し「双岩物語」と名付けた自分のホームページで発表していた。ジャンルは地理、歴史、民俗など幅広く、「双岩百科」ともいうべき内容だ。

ホームページを見つけた当時、私は亥の子のことを調べていて、双岩各地の亥の子唄を集めた歌詞集が参考になった。また、大化改新の頃から平成九年まで千三百五十年余にわたる「双岩歴史年表」は史料価値の高い力作である。村誌の存在と入手法を教えてくれたのも内藤さんだった。

ホームページでは自ら執筆した記事のほか、他の人の著作なども紹介している。平成六年に発表された双岩出身の主婦・森分菫さんの作文「ふるさと双岩」は読み応えがある。中でも「サイレン山」の話が面白かった。

サイレン山は雨鼓山の別名で、山頂にサイレンが設置されたためこの名がついた。「村のへそ」に位置し、朝昼晩の三度の時報を、どこにいても聞くことが出来た。

山頂直下の山道が中学校への通学路になっており、学校からの帰りにサイレンの鳴る様子を見ようと山に登った事がある。当時は時計を持っておらず、登り終えた途端、時報が鳴り始め、余りの大音響に慌てたことを覚えている。夕方五時の時報だった。

サイレンは正式には「双岩村時報塔」というそうで、裕福な篤志家・二宮広治さんの寄付で昭和十三年に完成した。二宮さんには子がなかったが、子どもの安全を願う人々の懇請を聞き入れ、五百円の大金を村に寄付。村は時報塔に名前を刻み、その徳を称えた。

村人はサイレンの音を「広治さんの声」と呼び、時報が鳴るたびに「広さんがおらび(叫び)よんなはるぞ。昼飯にするか」と言って感謝したという。

村名「双岩」の元になった「夫婦岩」と「双岩八景」の話も興味深かった。

合併でできる新しい村の名前は、各集落から意見を募って決められた。一つの集落が自分のところにある由緒ある松の木にちなんだ「相生村」を推した。確かに相生の松には古い伝承があり樹姿も素晴らしかったが、他の集落は「松の木は枯れるかも知れない」と反対した。

七集落が出した代案は、村の入口に位置し史書にも載った名勝・夫婦岩にちなむもので、「あの大きな二つ岩ならいつまでもある」と言い、「双岩」を提案した。その案には異論が出ず村名が決まった。

村を構成する八つの集落にはそれぞれ景観の優れた名所があり「双岩八景」と呼ばれている。誰が決めたかは分からないが、合併した集落が早く融和するようにとの願いを込めて制定したと聞いた。村誌は次のように「曰く書き」を添えて紹介している。

一　榮螺礷《さざえがたけ》（和泉）曰く「螺礷の帰帆」
二　笠置峠（釜倉）曰く「笠置の夜雨」
三　供養場（鳴山）曰く「供養の夕照」
四　白嵩森《しらたかもり》（中津川）曰く「白嵩の暮雪」
五　富田池《どんだいけ》（布喜川）曰く「富田の落雁」
六　田風阪（谷）曰く「田風の晴嵐」
七　一宮社（横平）曰く「一宮の秋月」
八　禅興寺（若山）曰く「禅興の晩鐘」

「ふるさと双岩」によると、榮螺礷は奇岩が連なる岩峰で、むかし大津波が押し寄せサザエの殻を残したという伝説がある。笠置峠は町境にあり、シーボルトの娘で日本初の女性医師イネが往来したことで知られる。供養場は、業病で都を追われた姫様を、流れ着いた鳴山集落の人たちが受け入れ、死後は供養塔を建てて悼んだ故事に因る。

白嵩森は大窪山（標高六五一メートル）の異称で村の最高峰。富田の池は近隣で一番大きいため池。田風阪は渓流と滝で有名。禅興寺は禅宗の古刹だ。わが在所横平からは一宮神社が選ばれた。高所にあって三方に眺望が開け一晩中名月を鑑賞できるという理由だった。

景勝地として最も有名だった「夫婦岩」は、八景には入らなかった。村名に採られたためらしく、村誌では名勝旧跡の章の筆頭に置き、別格扱いにしている。

夫婦岩については後日談がある。

二つの岩のうち大きい雄岩の天辺には形のよ

雪の夫婦岩と蒸気機関車（中井徹氏撮影）

い松が生えており、景観を引き立てていた。村人は松と岩を村のシンボルとして大切にし、やがて「松が枯れたら村がなくなる」と言われるようになった。不幸にも予言は的中し、私が生まれた昭和二十九年秋の台風で松が倒れ、翌年双岩村は八幡浜市に吸収合併された。

台風の詳細は書かれていないが、青函連絡船を転覆させ千七百人余の死者を出した「洞爺丸台風」と西日本を中心に百四十四人の犠牲者を出した「ジューン台風」が九月に襲来しており、松の倒壊はどちらかが原因だった可能性が高い。

私は占いも因縁も信じないが、自分の生年にこうした出来事が起きた事実を知り、不思議な気持ちになった。

発足から消滅まで、双岩村は六十五年の歴史を刻んだ。その歴史の中で、もっとも大きな出来事は何だったのかと考えた。

十九世紀の日清戦争の後、二十世紀に入って日露戦争があり、その後に二度にわたる世界大戦があった。第二次大戦は日本の根幹を変える大戦争で、双岩村のような小村も否応なく巻き込まれた。それは大事件ではあったが、非常時の出来事だ。通常の出来事で一番の重大事は、国鉄予讃線の全線開通ではなかったかと思う。

予讃線は明治二十二年、香川県内で一部開業し、昭和二年に松山まで開通、昭和十四年には八幡浜まで達していた。しかし、八幡浜から南への延伸は戦時下の物資不足で難航、全線が開通したのは終戦直前の昭和二十年六月二十日だった。

中学校の先輩で私の遍路参りの師匠でもある田中信也さんはこの時二歳。八幡浜発卯之町行きの一番列車に母子で乗り、双岩で降りたことを中学校の閉校式で話された。物心ついた後に母上から何度も聞かされて覚えた話だったが、「双岩駅では村長と村幹部らの出迎えを受け、たまげた」と臨場感たっぷりに語り、同窓生たちを喜ばせた。

開通した鉄道は、長兄と次兄の通学の足になった。農家の跡取りの長兄は隣町にある宇和高校の農業科へ通い、次兄は少し先の吉田高校の工業科へ通った。

当時鉄道は交通の大黒柱で、四国の片田舎から外の世界へ通じる、ほぼ唯一の手段でもあった。長兄以外のきょうだい五人はみな鉄道で故郷から巣立った。

双岩村が消滅した昭和の大合併では、あまり前例のない事態が起きた。双岩村八集落のうち二集落が八幡浜市ではなく、西宇和郡三瓶町と分村合併したことだ。

二集落は鴫山と和泉で、生活圏としても仕事の上でも三瓶町の方が利便性が高かった。村を割ってしまうことには異論もあり、諸手続きや村有財産の処分など、実務面でも大変だったようだが、最終的には二集落の意思が尊重された。戦後に施行された地方自治法の精神が生かされた結果とも考えられよう。

市町村の「大合併」は明治以来三回あり、十五年前の「平成の大合併」が最後になった。この時、八幡浜市と三瓶町が合併する案も出た。八幡浜市側の旧村関係者には「もう一度双岩が一緒になるかも知れない」と期待する向きもあったようだ。

しかし、三瓶町は隣の東宇和郡四町で進んでいた合併話に加わり、郡を越えて五町で新市を作る「新設合併」の道を選んだ。八幡浜市との合併だと吸収される格好になるのを嫌ったという話が流れたそうだ。

私は令和元年の盆休みに帰省し、ついでに旧双岩村を構成した地区の現在の人口を調べてきた。八幡浜市内の六集落で千四百四十七人、西予市になった二集落を加えた八集落全体では千五百四十八人。村誌に記録された旧村時代の人口の半分になっていた。

双岩村民として生を享けた最後の世代である私は、令和最初の年に六十五歳になり、双岩村の「年齢」に並んだ。旧村民として故郷を見守っていける歳月は、あとどれぐらい残っているのだろうかと思った。

Ⅱ 野鳥編

百舌鳥の高鳴き

今秋のモズの初鳴きは九月二十三日だった。

多摩川中流域にある羽村取水堰近くの河川敷。繁みの中の枯れ木の梢に双眼鏡を向けると、鉤のように曲がった嘴と太い過眼線が見えた。モズのオスだ。忙しげに辺りを見回し、こちらを向いて「キーキーキー」。反対側に向きを変え「キッキッキイー、キチキチキチキチ」。十回ほど鳴いて繁みの向こうに消えた。一年ぶりの賑やかな鳴き声に、秋の到来を実感した。

モズの高鳴きは、縄張りを確保するための行動で、わが家ではおなじみの季節指標だ。妻も野鳥ファンで、キンモクセイが香り始めると、どっちが先に初鳴きを聞くか競争のようになる。

モズ観察のフィールドは横浜の自宅周辺や近くの公園。一番手軽なポイントは自宅西

モズ（オス）

窓で、富士山をバックに立つ大きなサワラの先端が、モズのお気に入りの止まり木だ。時期は九月の下旬から十月初旬ごろ。家にいる時間の長い妻が先に気づくことが多いが、今年は、出先でモズに出会えた私に軍配が上がった。

よく目立つ姿と特徴的な鳴き声で、モズの高鳴きは、昔から農作業の目安にされてきた。

「百舌鳥の高鳴き七十五日」という言い伝えは、モズの初鳴き後七十五日目ごろに初霜が降りる、と言う意味だ。気象庁は身近な動植物を定点観察する「生物季節観測」を行っており、モズの高鳴きも対象になっている。気象予報士の森田正光さんが運営するブログでも紹介されている。

ブログを見て、さすがプロと思ったのは、言い伝えが正しいかどうか調べるため山形から福岡まで全国七地点の観測データを表にして載せていることだ。

各地点の初鳴きは九月十四日～十月六日。初霜は十月三十一日～十二月十四日。初鳴きから初霜の間の日数が一番短かったのは、山形で三十八日。一番長かったのは福岡で八十九日。言い伝えに一番近かったのは高知の七十二日で、ブログでは「北へ行くほど期間は短い。四国あたりでちょうど七十五日程度」とまとめていた。

私も気象庁のホームページに入り、故郷愛媛の県都・松山のデータを調べてみた。初鳴きが九月十七日、初霜は十二月一日で、ぴったり七十五日だった。子どものころ、実家では秋まき小麦を作っており、冬野菜も植えていた。父もモズの高鳴きを聞きながら、冬の来る時期を予想していたのかも知れない。

モズは全国に分布し一年中見られる留鳥で、かつてはほとんど関心を持たなかった。見直したのは社会人になってから。新聞記者として赴任した仙台で愛鳥家グループを取材する機会があり、探鳥会に同行して野鳥にはまった。

自然保護に興味を持ち、日本野鳥の会に入会。探鳥会やフィールド調査に加わる時間はあまり取れなかったが、野鳥の本はよく読んだ。その中の一つ和田剛一さんの写真集『野鳥讃歌』にあった写真が衝撃的だった。モズがシロチドリを両足で摑み、引きずりながら飛んでいたのである。

モズは全長約二十センチ、シロチドリは十七センチ余り。モズの尾が長いことを勘案すると、自分とほとんど大きさの変わらない鳥だ。仕留める技もすごいが、運ぶ力もすごい。モズは「小さな猛禽類」といわれるが、まさにその狩りの現場を撮った傑作だった。天晴れな狩人ぶりに私はたちまちモズのファンになった。

モズの習性で特徴的なのが早贄だ。

早贄は、モズが秋から冬にかけて捕らえたバッタやカエル、トカゲなどを枝の先などに刺したもので、わが家の梅やレモンの木にも時々刺さっている。「残酷」と嫌う向きも多いが、蛇の抜け殻と同様、金運アップの縁起ものと珍重する地方もあるという。

モズは、なぜ早贄を作るのか。厳冬期に備えた「貯食」説が広く唱えられたが、食べ残しも多々あり本当のことは分からなかった。謎を解いたのは大阪市立大の西田有佑特任講師と北海道大の高木昌興教授だった。

シロチドリを運ぶモズ
（和田剛一写真集『野鳥讃歌』より）

西田さんらは大阪府の里山で五年間にわたって調査を行い、早贄の生産量・消費量の推移と繁殖行動を調べた。その結果、早贄は繁殖期を目前にした一月に最も多く食べられていた。

早贄をたくさん食べたオスは栄養状態がよく、他の鳥の鳴き真似でメスにアピールする「恋の歌」を早口で歌うことが出来た。早口のオスはメスに好まれ、早い時期に相手を見つけ、早く繁殖行動に入ることが出来る。つまり「早贄はメスを獲得するための栄養食」であることが証明されたのだった。大阪市立大によると、貯食の「機能」を実証したのは世界で初めてという。

どこにでもいる普通の鳥だが、モズの生態はなかなか奥が深いようだ。

ニホントカゲの早贄

タカの渡り

義兄が送ってくれたタカの写真がずっと気にかかっていた。ハヤブサが自宅の庭に現れて、植え込みのスズメを襲っているところだという。写真は二枚。正面の顔と横顔が写っている。精悍な顔つきで猛禽なのは間違いないが、図鑑のハヤブサとは違っている。義兄の勘違いだろうと思ったが、名前を確認出来ずにいた。

宮城県石巻市の義兄の家は郊外の住宅地にある。義兄は元中学校の教師で釣りが趣味だ。磯から渓流まであちこち出かけるので野鳥にも詳しくなったという。妻の里帰りに同行した時など、地元の鳥の話をよく聞かせてくれた。義兄の退職後間もないころだったと思う。庭で狩りをするハヤブサの話が出て、その後送られてきたのが二枚の写真だった。そしてタカの名前が判明したのはひと月ほど前。一人探鳥会で出かけた東京港野鳥公園のレンジャーさんが教えてくれた。

東京港野鳥公園は二年前に秋麗吟行を行ったところである。タカ科とハヤブサ科の鳥が十三種類確認されており、都市近郊のタカの仲間はほぼ網羅している。写真を見たレンジャーさんが候補に挙げたのはオオタカとハイタカだった。私は、吟行で見たオオタカと推測していたが、レンジャーさんの結論は、ハイタカだった。

識別の手がかりは腹側の模様で、喉元が縦縞になっているのが決め手だった。これを踏まえて義兄に聞いたところ、写真は自宅ではなく隣町で撮ったもので、うちへ送る時に間違えたのだと分かった。落ちは笑い話になったが、いずれにせよ妻の故郷はハヤブサやハイタカといった猛禽が身近で見られる垂涎の野鳥天国だった。

タカは、歳時記では冬の季語になっている。それは鷹狩が主に冬に行われたことに起因するよう

ハイタカ（宮城県登米市）

だ。

鷹狩は、仁徳天皇の時代に大陸から伝わったとされる。最も盛んだったのは江戸時代で、特に徳川家康が鷹狩を好んだ。鷹匠を側近に抱え、生涯で千回以上鷹狩をしたという。このころのタカの番付は筆頭がハイタカ、次がオオタカ、三番目がハヤブサとされた。実際に一番多く使われたのはオオタカだったという。

タカは生態系の頂点にいて絶対数が少なく簡単には見られない。中でもオオタカは姿形が美しいことから野鳥ファンの中でも人気が高い。私の憧れのタカの一つでもある。

自宅上空や、大磯などを飛ぶ姿は何回か見たことがあるが、初めてじっくり観察出来たのは東京・港区にある国立科学博物館附属の自然教育園で、今年六月のことだ。最近営巣するようになったと聞いて出かけた。

茂る木々に遮られて地上から巣を見ることは出来なかったが、研究者が巣の近くにカ

オオタカ（東京都港区）

メラを設置し、施設内で見られるようになっていた。直接でないのは残念だが紛れもないライブ映像である。ヒナの元気な様子を大画面で楽しむことが出来た。

タカにまつわる出来事はもう一つあった。タカの渡りの観察会に参加したことである。主催は日本野鳥の会奥多摩支部。毎年九月から十月に行っている観察会の中に会員以外も参加出来る催しがあった。秋麗同人の田沢健次郎さんが新聞記事で知り、誘ってくれた。会場は二カ所あり、我々は玉川上水の取水堰に近い羽村会場の観察会に参加した。九月二十三日の秋分の日だった。

タカの渡りで有名なのは愛知県の伊良湖岬だ。多いときは一日数千羽が渡るといい、名古屋にいたころ数回出かけたことがある。私は雨男で天気に恵まれず、見られたのは一回だけ。タカの数は十数羽だったと記憶する。奥多摩地方は伊良湖ほど知られてはいないが、多いときは百羽単位で見られるという。

開始時間は午前八時半、終了は午後二時。横浜から出かけた私が着いたのは十一時ごろで、多摩川右岸の堤防には二十人ほど集まっていた。幹事さんに挨拶し、参加者名簿に名前を書いて観察スタートである。

この辺りで見られるタカは主にサシバとハチクマ。北東方向からやって来て南西方向へ飛んで行く。最終目的地は東南アジアだ。観察は、双眼鏡を手に空を見上げ、ひたすら鳥影を探し続けるだけである。この日は台風が日本海を通過したため風が強く、渡りのタカは一羽も現れなかった。

観察会が不調だった私は、十月二日に羽村を再訪した。前々日に百九十余羽を観察したと奥多摩支部のホームページに記されていた。当日参加した会員さんが撮った写真には数十羽が群れ飛ぶ「タカ柱」が写っていた。

再訪日は珍しく快晴で、タカ柱の再現を期待したが、結果はサシバ五羽とハチクマ一羽だけ。私は飛来したタカを双眼鏡に捉えきれず、ごま粒ほどの影を肉眼で確認しただけに終わった。

残念ではあったが思うように行かないのが野生との付き合いだ。武蔵野でバードウォッチングに浸れたことに満足し、翌年のリベンジを期して多摩川を後にした。

サシバ（日本野鳥の会奥多摩支部提供）

鶴は千年

めでたい鳥を「瑞鳥」というそうだ。一番めでたい鳥はなんだろうと思い、広辞苑を引くと「鶴や鳳凰の類」とある。手元にある他の辞書も同様だった。鳳凰は空想上の存在だから除外するとして、ツルは瑞鳥の代表格であるらしい。

確かに「鶴は千年亀は万年」といい、長寿の象徴とされる。清楚な体色と優美な姿から古来絵画や工芸品などのテーマにされ、江戸時代には有名画家が競って描いた。婚礼衣装の柄、旧千円札の意匠、日本航空のシンボルマークになり、折り紙の定番でもある。瑞鳥の代表と言ってもそう的外れではないだろう。

ツルの仲間は世界に十五種、日本には七種いる。七種のうち六種は冬にやってくる渡り鳥で、留鳥はタンチョウだけだ。日本での生息地はほぼ北海道に限られるが、江戸時代には各地に分布していたようだ。画家たちが残したツルの絵の多くはタンチョウで、当時ツルといえばタンチョウを意味していた。

明治維新以降、近代化の中で自然破壊が進んだ。タンチョウも乱獲と湿原の開発のため減り続け、明治の末ごろには絶滅したと考えられていた。

ところが、大正十三年十月、釧路湿原の奥地で生き残っているのが見つかった。その数わずか十数羽。奇跡的な再発見で、それをきっかけに保護の気運が高まる。昭和二十七年に国の特別天然記念物に指定、発見場所の鶴居村では給餌活動をする人も現れ、徐々に生息数が回復していった。

私は平成初めの二年間を札幌で過ごした。タンチョウに会いに行ったのは二年目の冬。日本野鳥の会が保護活動の拠点として鶴居にサンクチュアリを開設して間もないころで、タンチョウの実物を見るのは初めてだった。

当時の生息数は五百羽前後だったと思う。サンクチュアリにはその半数ほどが集まっていたようで、見事な求愛

タンチョウ

ダンスやコーコーと鳴き交わす姿を見ることが出来た。その後も生息数は増えており、現在では千五百羽を数えるという。世界の生息数は約二千八百羽だから、タンチョウの過半数が北海道にいることになる。

鹿児島・出水のマナヅルとナベヅル

渡り鳥として飛来するツル六種のうち、四種は迷鳥として稀に見られるだけで、毎年やってくる「レギュラー選手」はナベヅルとマナヅルだ。

中国やシベリアで繁殖するこの二種の、最大の飛来地は鹿児島県の出水平野である。ナベヅルの世界の推定個体数は一万二千羽、マナヅルが六千五百羽。ナベヅルの九割、マナヅルの五割が出水で越冬している。

出水平野がツルの飛来地になったのは、藩政時代のことで、幕府の保護策に合わせ、狩猟禁止にしたためという。明治に入って禁猟の掟は消滅。乱獲で数が激減したのは、タンチョウと同様だ。

その後、狩猟法の制定でツルが保護鳥になり、国や地元の保護活動もあって数は増加に転じた。

もう四半世紀も前のことだが、出水市ツル観察センターを訪れたことがある。当時すでに一万羽近くが飛来するようになっていた。晩秋で数は少なかったが、それでも百羽単位の群れが水田を闊歩し、空を飛び交う姿に感激したものだ。


最近聞いたツルに関するニュースで、一番驚いたのは実家に近い愛媛県西予市が、新たにツルの飛来地になっていたことだった。

西予市環境衛生課によると、平成二十二年ごろ、コウノトリが二羽飛来、珍客として話題になった。その後間もなくツルも来るようになり、保護が必要との声があがった。市は委員会を設け具体策を検討、野犬やキツネから守るため、ねぐらとなる「ため池」や湛水田に防護柵を設けた。ツルとの共生を目指し、啓発活動やフォーラムを実施、市民による「見守り隊」が結成された。活動の成果か、平成三十年のシーズンには九十羽が飛来し越冬した。越冬数は出水に次ぐ数だったという。

西予のツルは出水と関連が深い。出水平野ではツルが増えすぎて過密状態になり、ねぐら不足が起きている。また、世界最大級の越冬地で病気が流行すれば壊滅的な被害を受ける恐れがある。このため環境省などが音頭をとってツルの分散化が進められている。西予市もその候補地の一つで、ツルが西予に定着するかどうかは世界的な意味合いを持つ問題になっている。

ナベヅル（愛媛県西予市提供）

おしどり夫婦

「鴛鴦の契り」といい、「おしどり夫婦」という。夫婦の絆の強さ、仲睦まじいことの喩えとして定番の故事成句だが、野鳥のオシドリは本当に「おしどり夫婦」なのだろうか。実は、オシドリは貞操が固いどころか浮気性というのが定説になりつつある。

オシドリの二つの成語は、中国春秋時代の宋の国の故事から生まれた。

宋の康王は暴君で、絶世の美女といわれた臣下韓憑の妻を召し上げ側室にした。韓憑が恨み言を言うと王は怒り無実の罪を着せる。韓憑は耐えきれず自殺、それを知った妻も物見櫓から身を投げた。妻は夫と同じ墓に葬ってくれるよう遺書を残したが、王は許さず韓憑の墓の向かいに妻の墓を設けた。

すると間もなく二つの墓から梓の木が生え、十日ほどの間に枝と枝が絡み合い、地中では根と根が絡んで一本の木のようになった。その木には雌雄のオシドリが棲み着き、日夜悲しげに鳴き続けた。宋の人はオシドリを二人の化身と思い、絡み合った木を「相思樹」と名付け偲んだ。この故事は幾つもの史書に残されている。

オシドリのペア

成句となったオシドリの貞操に疑義があることを紹介したのは、鳥類学者で山階鳥類研究所名誉所長の山岸哲さんだった。

山岸さんはモズの研究で知られ、モズやアマサギ、カモ類の繁殖行動を研究、鳥類の浮気の例を数多く見つけていた。平成十四年に『オシドリは浮気をしないのか』という本を出版、鳥たちの浮気行動を明らかにした。

同様の研究は他でも行われ、ある動物園では飼育下の繁殖の様子を観察し「仲睦まじく見えるオシドリの姿は、オスがペアとなったメスを取られないようにぴったり寄り添ってガードする行動」と説明した。

分かり易かったのは、立教大学名誉教授・上田恵介さんの結婚情報サイトのインタビュー記事だった。

カモ類は全般にメスだけで抱卵・子育てをする。産卵が終わるとオスはメスから離れペアを解消する。オシドリも同様で、一緒にいるのは繁殖期の四、五カ月間だけ。翌シーズンには新たに相手を探しペアになる。

オシドリのオスは普段は地味で繁殖期だけ派手な姿に換羽するのだが、人間には換羽後の姿が目に付きやすく、派手で情熱的なオスが地味で慎ましいメスを守っていると見え、仲良し夫婦と思い込んでしまったというのだ。

二千三百年前の大いなる勘違いが二十一世紀まで信じられる伝説になったのである。


ガンやカモの仲間は世界で百五十八種、日本では五十四種が確認されている。大抵がシベリアなどで繁殖し越冬のため日本に渡ってくる冬鳥で、今ごろが観察の好機だ。私は不熱心で鳥の識別が苦手な野鳥ファンだが、月一回は探鳥に出かけるよう心掛けている。今年初の探鳥会は一月五日、東京港野鳥公園への単独行だった。

オオタカがいたせいか水鳥の姿は少なく、定番のマガモやコガモ、ホシハジロばかりだった。しかし、それまでキンクロハジロの幼鳥だと思っていた鳥は、実はスズガモだとレンジャーさんに教えられ、大きな収穫になった。キンクロハジロは体色が白黒のツートンカラーでパンダやシャチに似ている。人気の高い鳥で私も大好きなのに長く間違えていたわけで、大いに恥じ入った。

水鳥が不得手なのは、私が四国の中山間地の生まれで大きな湖沼や湿地がないところで育ったのが主な原因だと思う。高校まで過ごしたが、田舎ではカモ類はほとんど見なかった。

その後仙台に住んだ時に野鳥に目覚め、ガンカモ類のメッカ伊豆沼を訪問。ハクチョウの大きさに驚き、ガン独特の飛び方「雁行」の見事さを知った。

四半世紀前に東京に転勤になり、上野の不忍池でオナガガモの大群を見てまた驚いた。オナガガモは端正な姿でピンと伸びた尾羽も美しく、好きな水鳥の一つになった。ただ、

キンクロハジロ

あまりの数の多さに辟易し始めたころ、今度は急減してしまった。十年ほど前のことだ。

野鳥保護と研究に取り組むＮＰＯ法人「バードリサーチ」によると、当時世間を騒がせた鳥インフルエンザがもとで、全国的に野鳥への給餌活動を自粛する動きが広がり、オナガガモが分散したのだろうという。鳥インフルエンザは怖いが、鳥に罪があるわけではない。自然保護、愛鳥といって餌で集められ、病原体が心配だといって邪険に追われる。まことに悲しいことである。

オナガガモのペア

梅に鶯

ウメは「春告草」、ウグイスは「春告鳥」という。どちらも春を代表する風物で、二つを取り合わせて「梅に鶯」という成語が出来た。この取り合わせは花札の絵柄になり、文部省唱歌にもなるなど、人口に膾炙しているのだが、公開された写真の中にはウグイスをメジロと取り違えた「ウメにメジロ」が少なくない。

原因の一つは実際にウグイスを見た経験のある人が少ないことだろう。ウグイスは警戒

ウグイス

心が強く藪に棲んでいるため見つけにくい。反対にメジロは人を恐れず果実や花蜜を求めて庭にも来るので見る機会は多い。

二つめは体色である。地味な灰褐色のウグイスに比べ、メジロは明るい黄緑で白いアイリングが印象的だ。

「鶯色」は本来実物のウグイスに似た灰褐色なのだが、「鶯餅」などでは抹茶のような色を鶯色と呼んでいる。その影響か、ウグイスは黄緑色の鳥だと思っている人が多いようだ。

これは個人の想像だが、

麗らかな春の日、満開の梅の花を眺めていたらどこかでウグイスが鳴き始めた。しばらくすると鶯色をした鳥が枝に止まり、花の蜜を吸い始めた。「ああ、これが『梅に鶯』か」とシャッターをパシャリ。鳴いたのは確かにウグイスだったが、実際に梅の花に来たのはメジロだった。

「ウメにメジロ」の写真はこんな状況で撮られたのではなかろうか。

メジロ

野鳥を楽しむ基本はバードウォッチングだが、それに加えて鳴き声を楽しむ人も多い。その中で、鳥の識別に役立つものに「聞きなし」がある。聞きなしは野鳥のさえずりを人間の言葉やフレーズに当てはめる語呂合わせのようなものだ。

一番有名なのは、ウグイスの「ホー、ホケキョ」だろう。漢字では「法法華経」と書き、有名な経典を当てたため誰もが忘れない聞きなしになった。

その他よく知られているものに、センダイムシクイがある。ウグイスに似た鳥で「チョチョビ、チョチョビー」と鳴く。それを「ツルチヨギミー」と聞き、歌舞伎の演目「伽羅先代萩《めいぼく》」の「鶴千代君」を当て、センダイムシクイと名付けられた。この鳥の聞きなしにはもう一つ「焼酎一杯ぐいー」があり、私は庶民的な焼酎の聞きなしの方が気に入っている。

スズメに似た鳥で木々の梢でさえずる姿がよく見られるホオジロは「一筆啓上仕り候」「源平つつじ白つつじ」「札幌ラーメン味噌ラーメン」の三つがよく知られている。どれもリズムに乗って調子がいいが、札幌に八年住んだ私としてはラーメンを推したい。

泥を集めて巣を作り虫を食べるツバメは「土食って虫食ってしぶーい」だ。俗に「ピーチクパーチク」と聞いているヒバリの声を「日一分日一分、利取る利取る」と聞きなすところもある。天高く揚がって鳴くヒバリは太陽に金を貸しており、一日一分の高利を取っている、という民話があるそうだ。

姿も声も聞きなしも美しいのはサンコウチョウである。「月日星、ホイホイホイ」と鳴くことから「三光鳥」の名が付いた。印象的な青いアイリングと長い尾が特徴でファンが多い。仙台に住んでいたころ青葉城に近い渓谷にいると聞き、出かけたことがある。緑に遮られ姿は見られなかったが、美しい囀りを聞くことが出来た。

ウグイス以上に仏教に縁が深いのはコノハズクだ。フクロウの仲間で、澄んだ声で「ブッ、ポウ、ソウ」と鳴く。漢字で書けば「仏法僧」。仏教の三宝を一つにしたありがたい聞きなしだ。しかし、実際にその名を貰ったのはカワセミと近縁の別の鳥だった。青い羽、赤い嘴の美しい鳥だが、鳴き声は「ジェッ、ジェッ、ジェッ」と濁り、お世辞にもきれいとはいえない。同じ鳥が夜と昼で極端に鳴き声を変えるとは考えにくく、「ブッポウソウ」の声の主は別にいるのではないか、との疑問が提起されるようになった。

真相が分かったのは昭和十年六月のこと。ＮＨＫラジオが愛知県の鳳来寺山からブッポウソウの鳴き声を実況中継したことがきっかけだった。

放送を聴いた人が「ブッポウソウ」と鳴く鳥を追い、鉄砲で撃ち落としたところ、それは小さなフクロウだった。また別の人からは「ラジオの声は自分の飼っている鳥と同じで、放送に呼応するように鳴いた」と連絡があった。

鳥類学者の黒田長礼が調べたところ、飼い鳥はコノハズクで鳴き声も確認出来た。この事実から「ブッポウソウ」の声の主はコノハズクと確定したのだった。

それ以来、ブッポウソウは「姿のブッポウソウ」、コノハズクは「声のブッポウソウ」と呼ばれている。

ブッポウソウ（姿のブッポウソウ）

コノハズク（声のブッポウソウ）

鴫立沢

心なき身にもあはれは知られけり鴫立つ沢の秋の夕暮

イソシギ

歌人西行の有名な一首である。寂蓮、定家とともに「三夕の歌」として親しまれてきたが、さて、西行の詠んだ「鴫」は何シギなんだろう。そんな素朴な疑問がわが家で話題になった。

歳時記の「鴫」の項には「ふつう鴫といえば田鴫のことをさす」と書かれている。私もそう思っていたのだが、妻は「イソシギ」と主張した。女子大の日本文学科出身で西行にも詳しい。曰く「もっさりして地味なタシギより、小柄でスマートなイソシギの方が相応しい」と。野鳥ファンとして調べずにはいられない。
ネットで検索すると歳時記に沿った記述が多かったが、イソシギ説もあり、神奈川・大磯の「鴫立庵」ではイソシギとしているとの記述があった。早速訪ねてみた。

鴫立庵は、大磯の「こよろぎの浜」に流れ込む小川のほとりにある。小川は鴫立沢と呼ばれる。

シギの歌は西行がみちのくを訪れる旅の途中で詠んだとされ、江戸時代の初め、西行を慕う崇雪という人が草庵を結んだ。三十年ほどして俳諧師の大淀三千風が入庵。「鴫立庵」と名付け第一世庵主になった。

有名な俳諧師らが後を継ぎ、京都の落柿舎、滋賀の無名庵とともに三大俳諧道場と呼ばれるようになった。藤田直子先生の師である鍵和田秞子先生が二十二世庵主を務められた。

西行がこの沢で歌を詠んだという確かな証拠はないが、昔から風光明媚の地として知られたようで、随筆家の白洲正子は著書『西行』の中で「数奇者たちが集って風雅な遊びをするうち自然と鴫立沢の歌枕ができたのだろう。その地名は室町時代には行き渡っていた」と書いている。

庵に隣接して俳句道場があり、棚にイソシギの模型がおかれていた。施設長の湯川悟さんによると、こよろぎの浜ではイソシギがよく見られるのでイソシギをあてたのだろうという。ただ、史料や文献など確たる証拠はないとのことだった。

鴫立庵の見解は分かったが、イソシギ説に納得した訳ではなかった。

理由の一つは両者の立ち居振る舞いだ。イソシギは海岸や河原に生息し、尻を振りながら餌を探して落ち着かない。それに対しタシギは主に内陸の河川や水田、湿地に多く行動は慎重だ。茶褐色の羽は保護色で、警戒すると動かなくなる。動かないタシギを見つけるのは至難の業だ。「鴫の看経」という季語は、そんな様子を言ったのではなかったか。

もう一つは歌に詠まれた夕暮れという時間帯で、半夜行性のタシギが本格的に活動し始めるころだ。どちらが歌に相応しいか明白ではないか。

タシギ

妻には鴫立庵で聞いた話と私の考えを伝え、私が撮った両方の写真を見せて再協議。その結果、「ほぼタシギ」がわが家の統一見解になった。

タシギ属のシギは日本に五種いる。姿形のよく似たグループなのだが、生態が変わっているのがオオジシギだ。他の四種が冬鳥または旅鳥としてユーラシア大陸から日本に渡って来るのに対し、オオジシギは日本で繁殖し秋になるとオーストラリアなど南方へ渡って行く。

オオジシギ

一般に冬鳥は「冬でも暖かい場所」へ移動して越冬するのだが、オオジシギが向かうのは夏を迎える南半球。つまりは夏から夏へ渡るのである。よほど寒さが苦手なのだろうか。

さらにユニークなのは繁殖期に見せる求愛ディスプレイフライトだ。勤務で札幌に住んでいた三十年前の夏、道北地方の幹線道路で見たことがある。

電柱のてっぺんに止まっていたオスが空高く舞

い上がると「ズービヤク、ズービヤク」と雄叫びを上げながら飛び回る。それを数回続けた後、突然急降下。地面にぶつかる寸前に反転して再び空へ上がってゆく。

急降下の際、尾羽と風切り羽から生じる「ドドドドドー」という音は地鳴りのようで、あたりに響き渡る。オスは道沿いに並んだ電柱ごとにおり、次々にディスプレイを披露する。壮大なショーを一時間ほど見ていただろうか、私の耳には「ズービヤク、ズービヤク」「ドドドドドー」の音がこびりつき、しばらく消えなかった。羽音の凄まじさから「雷シギ」と呼ぶ地方があるそうだ。

オオジシギは環境省のレッドリストで準絶滅危惧種に指定されている。繁殖地は日本とロシア極東の一部とされるが、そのほとんどは北海道を中心とする北日本。日本の繁殖状況が種の存続に直結する。

オオジシギを気にかけているのは渡り先のオーストラリアも同じで、日本野鳥の会を中心に両国が共同で保護研究活動を続けている。春は渡り鳥の旅の季節。オオジシギも日本を目指して飛んで来ているころだ。どこかでもう一度あの勇壮なディスプレイフライトを見たいものである。

托卵のたくらみ

その年、ホトトギスの初音を聞いたのは五月十六日だった。午前三時五十分に六声、四時三分に八声。カレンダーに記録した。

わが家の周辺は梨の産地で緑が多く鳥影も濃いところだ。ホトトギスの声もたまに聞いていたのだが、この年は当たり年だった。初音を皮切りに二日後にも鳴き、六月八日からは四日連続だった。記録をつけた二カ月余の間、鳴いたのは二十日に及び、横浜に住み始めてからの最高記録となった。平成二十年のことだ。

当たり年になった要因は、前年に夜勤職場へ異動になったことだった。

ホトトギス

午後遅くに出社し日付が変わるころ退社。帰宅時刻は一時すぎ。遅い晩飯と入浴を済ませて寝るのは三時を回る。うとうとしかけた頃にホトトギスが鳴き始める。よく鳴くのは生暖かい曇りの夜だ。そんな日は聞き逃さないように部屋の西窓を数センチ開けておく。鳴く場所は近くの公園が多い。わが家の裏手から公園へ鳴きながら移動することもあった。

短夜の時期で野鳥が目覚めるのも早い。ホトトギスに続いてウグイスが鳴き始め、ハシブトガラスが続き、やがて夜が明ける。カラスが鳴くとホトトギスは鳴き止む。どうやらカラスが嫌いなようだ。こんな観察が連日繰り返され、初夏の未明は私のホットタイムになった。

ホトトギスはカッコウ科の鳥で、カッコウ、ツツドリ、ジュウイチを加えた四種が日本で繁殖する。大きさはヒヨドリ大からキジバト大。いずれもよく似ていて、遠目で識別するのは難しいのだが、囀りに特徴があり、声を聞けば簡単にわかる。

カッコウ

ジュウイチ

カッコウとジュウイチは鳴き声がそのまま名前になった。ホトトギスは「てっぺん欠けたか」「特許許可局」などと聞きなされる。ツツドリは竹筒を鳴らすように「ポポッ、ポポッ」と鳴く。

そして四種全てに共通する特徴が「托卵」である。托卵とは、その名の通り他の鳥の巣に卵を産み、自分の子を育てさせることで、托卵先の鳥（仮親）は大体種類が決まっている。ホトトギスはウグイス、カッコウはホオジロやオオヨシキリ、といった具合で、概ね托卵側より小さい鳥だ。

托卵の手口は巧妙で、抱卵に入った巣を狙い、仮親が離れた隙に自分の卵を産みつける。カッコウ類の腹の模様はタカと似ているが、それは仮親を脅し巣から離れさせるためだ。数合わせのつもりか、産む前に卵を一つ抜き取る。産み付ける卵の色や模様は仮親の卵に似ており大抵は少し大きい。巣を襲ってから産卵まで十秒ほどの早業だ。

親鳥に増して凄まじいのは、ヒナの振る舞いだ。仮親の卵が孵るには十二日から十四日ほどかかるが、侵略者の卵は十日〜十三日。多くの場合、仮親の卵より前に孵化する。先に孵ったヒナは、仮親の卵を背中に載せて巣の外に押し出してしまう。運びやすいよう背中がへこんでいる。後から孵化したヒナも容赦しない。

哀れなのは仮親で、侵略者を止めようともせず傍観するばかりだ。ライバルを排除したヒナは、餌を独占しすくすく育つ。親鳥にはヒナの真っ赤な口を見ると餌を与えずにいられない本能があるそうで、自分より何倍も大きくなった侵略者の口にせっせと餌を押し込む姿は、テレビなどでよく見る通りだ。

ホトトギス類の様々な習性は鳥類学者・樋口広芳さんの著書『赤い卵の謎』で知った。ホトトギスは日本各地に分布しているが、北海道にはほとんどいない。ところが、ウグイスの赤い卵が入った巣に、同じ色で少し大きめの卵のある例が各地で見つかった。卵はホトトギスとそっくりだった。

「カッコウではないか」「ホトトギスが密かに繁殖しているのではないか」などの説が出た。樋口さんは地元の愛鳥家らと数年にわたって研究を行い、候補に入っていなかったツツドリだと突き止めた。

ツツドリは一般にセンダイムシクイなどムシクイ類に托卵する。センダイムシクイの卵は斑点のある白色で、ツツドリも似た卵を産み付ける。一つの個体が卵の色を自在に変えられるとは考えにくく、北海道ではムシクイ類に托卵するグループとウグイスに托卵するグループが併存しているという結論になった。おそらくムシクイ派の誰かが、競争相手の少ないウグイスに托卵しようと考え、赤い卵を産むように「進化」したのだろう。

托卵は、預ける側のやりたい放題に見えるが、現実には托卵される側も抵抗する。相手が近づくと激しく攻撃し、巣の中に違和感のある卵を見つけたら外へ捨てる、または巣ごと放棄したりする。経験から身に着けたもので、托卵の現場では子孫を残すため熾烈な戦いが繰り広げられている。

托卵鳥の新しい仮親開拓と、仮親側の対応の過程をつぶさに見ることが出来たのが、カッコウとオナガのケースだった。

ツツドリ

オナガは元々托卵される鳥ではなかったが、昭和四十年代後半ごろから、カッコウに托卵されるようになった。もともと平地に住んでいたオナガが高原に進出、高原の鳥・カッコウが平地に生息域を広げ、互いの生息域が重なった。

長野県の千曲川などで観察調査を行った信州大学名誉教授の中村浩志さんによると、カッコウの托卵行動を知らないオナガは、最初なす術なく托卵された。そのためカッコウが急増、二十年間で七～八割の巣が托卵されるようになった。

逆にオナガは急減し、カッコウは托卵先に困るようになった。またそのころにはオナガが対抗策を身に着け、カッコウに反撃するようになる。その結果、托卵にブレーキがかかり八年後には托卵される巣は三割ほどまで減ったという。

托卵先の変更や新規開拓は昔から起きていたのだろうが、オナガのように、ゼロから観察できた例は少なく、中村さんの研究は世界中の注目を集めた。

中村さんは雑誌のインタビューに「動物の形態や行動が変化している状態に出会えるケースは非常に少ない。我々は進化の事実をこの目で確認できるまたとないチャンスに恵まれたのだ」と語った。

ガラパゴス諸島でフィンチやゾウガメに出会ったダーウィンのような心境だったかも知れない。

カラスの知恵

「全身真っ黒で不吉だ」「ゴミをあさり食べ散らかす」など、嫌われ者のイメージが強いカラス。さて、どのくらい嫌われているのかと思い、ネットを探すと、カラスの好悪を尋ねたアンケートが見つかった。

それによると「好き」が三十三％、「嫌い」が六十七％となり、「嫌い派」が「好き派」の二倍という結果だった。アンケートは理由も聞いており、好きな理由には「見た目がかっこいい」「頭の良さには敬服」などが上がり、嫌いな理由には、体色やゴミあさりのほか「声がうるさい」「攻撃された」などが挙げられていた。

調査は回答者が二百人弱で、厳密さには欠けるが、傾向を知ることは出来る。私は、好きな人は十％ほどと考えていたので三分の一もいたのには驚いた。好き嫌いの理由は概ね予想通りで、賢さが好きな理由に挙がったのには「我が意を得たり」の思いだった。そう、カラスは動物の中でもとりわけ賢いのである。

蛇口から水を飲むハシボソガラス

シャワーを浴びるハシボソガラス
（いずれも樋口広芳さん提供）

カラスの賢さで、最近世界的なニュースになったのは「水道の蛇口を開けて水を飲む天才カラス」だ。目撃されたのは横浜市南区の弘明寺公園で、観察・研究したのは東京大学名誉教授の樋口広芳さんだ。

樋口さんは平成三十年三月から四月にかけて同公園のカラスを観察した。公園には十数羽のカラスがいたが、蛇口を操作したのは一羽のメスのハシボソガラスだけ。計七十九時間観察を続けたところ、水を飲む姿を二十一回確認、さらに水浴びをするところも四回確認された。

天才ぶりを見せたのは蛇口の開け方で、水を飲むときはくちばしで栓を突っついて回し、数センチ出たところで飲む。水浴びのときはくちばしで咥えて大きくひねり、数十センチ噴き上がるようにして浴びていた。蛇口の開け方で水勢を調整できることを理解し、目的に応じて使い分けたのである。

野生のカラスの水道利用例は他にもあるが、たいていレバー式で、栓を回す操作をした例はほとんどないそうだ。樋口さんの論文は翌年三月、英国の専門誌に掲載され世界中で話題になった。中国のネットには「政治家より賢い」との書き込みがあったという。

賢さの事例としてよく知られているものに、クルミを自動車に割らせる行動がある。それを知ったのは四十年近く前、仙台に住んでいたときで、広瀬川の河原に近い自動車教習所が舞台だった。

ハシボソガラスが、教習車の通る場所にクルミを落とし車が来るのを待つ。車輪が逸れると位置を修整し再び車を待つ。何度目かのトライで見事に割れたクルミに飛びつく様子がテレビで紹介された。現場は私の

道路にクルミを置くハシボソガラス

アパートの近くだったので何度か見物に行ったが、クルミの季節は短く、実際に見ることは出来なかった。

クルミ割りは他の場所でも観察され、一般道では割れたクルミに近づく際、信号を見て安全確認することもある。クルミ割りガラスは英国ＢＢＣ放送などが紹介し、今でもネットで動画を見ることが出来る。


カラスの賢さは「遊び」をすることでも解る。宇都宮大学名誉教授の杉田昭栄さんは著書『カラス　なぜ遊ぶ』のなかで、幾つもの遊び行動を紹介している。

電線にぶら下がり、勢いをつけて回転する「大車輪」、ゴルフボールを飛びながら奪いあう玉取り合戦。また、人間と同じように滑り台を滑り降りる行為などだ。滑る面は腹側だけでなく背面を使う場合もあるそうだ。

杉田さんは動物形態学が専門で、賢さを探るためカラスの脳を調べた。知能は脳の大きさと関係がある。体重と脳の重量比から導く「脳化指数」を求め、他の身近な動物と比較したところ、カラスは、ヒト、イルカ、チンパンジーに続き四位。イヌやネコより高かった。

野生生物の大半は毎日食物を探すことに追われ、遊びをする余裕はない。カラスが遊ぶのは、時間が余っていることも理由と考えられる。東京に棲むカラスの九割を占めるハシブトガラスは、もともと森に棲む鳥で、都会のビル群を木立とみなし進出したといわれる。棲みついた都会は残飯の宝庫で、飲食店から出たゴミを夜明けとともにあさり、飽食すると後は自由時間である。都会はカラスにとって天国だった。

余裕が生まれるもう一つの要因は、余った食べ物を保存する習性だ。都内で行われた調査では、一羽のカラスが百カ所もの保存場所を持ち、すべてを正確に覚えていたという。「貯食」とよばれるこの行動が騒動を引き起こしたのが横浜の置き石事件だった。

平成八年六月、東海道線のレールに石が置かれているのが見つかった。置き石は、列車を脱線させかねない重大犯罪で、その後も続いたため神奈川県警が捜査に乗り出した。子どものいたずらを疑い、現場周辺を捜索、「張り込み」もした。

捜査は半月ほど続いたが、電車撮影が趣味の会社員が石を咥えたカラスを撮影したことからカラス説が浮上。その後、捜査員も数羽のカラスが石を咥えて線路に入る場面をビデオ撮影したためカラスの犯行と断定された。

そのカラスの行動を詳しく研究・解明したのは「水道ガラス」の樋口広芳さんで、百時間にわたる観察で一羽のハシボソガラスがパンくずなどを敷石の間にしまい、さらに

線路わきにパンを隠すハシボソガラス

別の石をかぶせて隠すのを見つけた。

隠す過程で重い石や咥えにくい石を線路の上に置くことがあった。線路は平らで物を置くのに適し、高さもちょうどよかった。カラスは電車が来ると逃げ出すが、石は置き去りにされることがあったという。

幸いなことに、この時の置き石が重大事故に繋がることはなかったが、カラスの賢さも、行き過ぎは困ったものだと思ったことである。

カモメと人の物語

あまり映画を見る方ではないが、気に入ると何度も見直す作品がある。小林聡美主演の「かもめ食堂」もその一つで、北欧の街の日本食レストランを舞台に日本人女性三人が繰り広げる日常を描いた作品だ。内容も面白かったが、私には冒頭の「フィンランドのカモメはでかい」というモノローグと、港をのし歩くカモメの映像が印象的だった。

主人公は子どもの頃から「太った生き物に弱く」大きなカモメに惹かれて店名にしたと語る。フィンランドのカモメが本当に大きいかどうかは知らないが、さらりと断定するもの言いが心に響き、すんなり映画の世界に入っていくことが出来た。

カモメの仲間は世界に約百種、日本には二十六種いる。そのうち観察しやすいのは、ウミネコ、セグロカモメ、ユリカモメ、カモメなど八種。河口や港などでよく見られ、古くから身近な存在だった。

好んで絵画に描かれ、和歌に詠まれ、童謡や歌謡曲の題材にもなった。漁業とも縁が深く、魚の群れに海鳥が集まる「鳥山」は、魚群探知機のようなもので、鳥山を立てるカモメは大事にされてきた。

そうした背景から自治体のシンボルに選ばれることも多く、私が住む神奈川県の「県の鳥」にもなっている。制定されたのは昭和四十年、県民の応募の中から選ばれた。県のホームページによると、選定理由は「日本の海の玄関横浜港を持つ神奈川県にふさわしく、優美な容姿から国際平和の象徴とも言われ、平和を愛する県民のシンボルとしてふさわしい」とある。

ユリカモメ

隣の東京都は、ユリカモメを「都民の鳥」に指定している。こちらはメジロやヒバリなど十の候補から投票で決めた。選ばれた理由は、姿が美しいことや、古来詩歌や絵画の題材となってきたことという。

ユリカモメは、かつては「都鳥」と呼ばれ、在原業平の和歌「名にし負はばいざ言問はん都鳥わが思ふ人はありやなしやと」がよく知られている。この歌は、業平が東下りし隅田川まで来たときに詠まれたという。

川のほとりに名を知らぬ白い鳥がいたので尋ねたところ、渡し守が「都鳥」と答えた。京を恋しがっていた業平は鳥の名に感応し、望郷の思いを託して詠んだと、古今集の詞書に書かれている。隅田川にかかる「言問橋」「業平橋」はこの歌に因むそうだ。

紛らわしいのだが、一般に「ミヤコドリ」と呼ばれているのは赤いくちばしのチドリ目ミヤコドリ科の鳥で、ユリカモメとは別である。

カモメの仲間は多くがユーラシア大陸などで繁殖し、冬に日本へ渡ってくる冬鳥だが、ウミネコは日本と周辺地域でだけ繁殖し、冬も日本周辺で過ごす留鳥。繁殖地は全国に十カ所ほどあり、五カ所が国の天然記念物に指定されている。

その中で、都市に隣接してアクセスが良く、繁殖の様子を間近に見られる青森県の蕪島は、全国的に有名な観察スポットだ。

蕪島は日本有数の水産都市八戸市の郊外にある。高さ二十メートルほどの山からなる小さな島で、山頂に弁財天を祀った「蕪嶋神社」がある。商売繁盛と海の守り神として信仰され、ウミネコ、漁業とも縁が深い。こうしたことからウミネコは八戸市の「市民

蕪嶋神社

の鳥」に指定されている。

島はほぼ全域がウミネコの繁殖地になっていて、四月から七月にかけて、三万羽以上が子育てをする。営巣地は立ち入り禁止だが、神社は営巣地に接しており、参拝客は境内からウミネコを見る事が出来る。

私が島を訪れたのは繁殖真っ盛りの時期だった。

営巣地からあふれたウミネコのペアが神社に押し寄せていた。本殿へ上がる階段や境内の砂利の上にも営巣し、それも出来ないペアは記念碑や石像の上に巣を作る。場所を取り合って「ミャーミャー」「ニャーニャー」と鳴きわめく。気を付けないと抱卵中の親にぶつかり、くちばしで足をつつかれる。

抱卵数は二、三個だが全部が育つわけではない。野良猫やカラスが狙っており、抱卵中の親が立ち上がる一瞬の隙をついて卵やヒナを攫っていく。私がのぞき見た巣の周りにも卵の殻が転がっていた。

九年前の東日本大震災では青森県の太平洋側も津波に襲われ、八戸市では波高四メートルを超えた。山頂に立つ蕪嶋神社は被害を免れたが、五年前に火事に遭い本殿が焼失した。震災復興の途上だったが、海の守り神に対する八戸市民の思いは熱く、集まった寄付金で今年三月に再建を果たした。

ウミネコは以前と変わらず繁殖を続けており、今季は三万五千羽が飛来したそうだ。

ウミネコ

ウミウとカワウ

岐阜県の長良川は日本三大清流の一つで、鮎の産地として知られる。名古屋に住んでいたころ、会社の同僚に鮎釣りマニアが多くいた。たいてい鮎の年間遊漁券を持っており、中には釣った鮎を漁協に卸すセミプロのような人もいた。清流の鮎は美味しく、私も何度か食べたが、地元の人が言うには特に価値が高いのは鵜飼の鮎なのだそうだ。

理由を聞くと「鵜が取ったものは間違いなく天然物。また、鵜は鮎を一瞬で仕留めるので鮮度が落ちない。魚体に嘴の痕がついているのが鵜飼の証拠で値も高いんだ」と言う。大いに納得したが、鵜飼鮎はそうそう市中に出回らない。ふところ事情もあって名古屋に住んだ七年間、一度も食べる事はなかった。

鵜飼は日本や中国で古くから行われてきた伝統漁法で、現在も全国十二カ所で行われている。漁獲量は少なく、いずれも文化継承や観光目的だ。中でも長良川の鵜飼は有名で、皇室御用の「御料鵜飼」が行われる事で知られる。御料鵜飼をする九人の鵜匠は宮内庁職員である。

シーズンは五月十一日から十月十五日。毎日日暮れごろから始まる。篝火を掲げた鵜舟が川を下り、鵜匠は鵜綱で巧みに鵜を操る。ぱちぱち爆ぜる篝火の下で鵜が次々と鮎を捕らえるさまは幻想的だ。

ウミウ

日本には鵜の仲間が四種いる。よく見られるのはウミウとカワウで姿も体色もよく似ているが、鵜飼に使うのは体が大きく丈夫なウミウである。

ウミウは渡り鳥で春は北の繁殖地へ向かい、秋には越冬のため南へ渡る。茨城県日立市の「鵜の岬」は渡りの休憩地点にあたり、捕獲には絶好の場所だ。それを狙って春と秋に捕獲が行われる。ウミウは捕獲許可が必要な保護鳥で、計画的に捕獲が行われているのは全国でここだけである。

「ウミウ捕獲場」は風光明媚な海岸の断崖絶壁にあった。海面から十五メートルほど上に設置された「鳥屋」は、幅約十メートル、奥行き二、三メートル。丸太を組みコモで覆われている。断崖のため外からは近づけず、裏山から掘った長さ九十メートルのトンネルを通って行き来する。入口で「捕獲技術保持者」の資格を持つ市の職員が説明してくれた。

鵜の岬ウミウ捕獲場

捕獲法は単純である。コモの外には鳥が止まれる僅かなスペースがあり、そこに囮をつなぎ、寄ってくるのを待つ。ウミウが来るとコモの下から「カギ棒」を出し、足に引っ掛けて捕らえる。

簡単そうに見えるが、相手も警戒するのでタイミングが難しいんだと、職員さんは話した。鵜の岬での捕獲数は年間四十羽ほどで全国十一カ所の鵜匠たちに供給されている。

ウミウよりも人間の身近にいて、マイナスイメージが強いのがカワウだ。養殖魚などへの食害と、コロニーを作ることによる糞害で、迷惑動物扱いである。

食害は各地の漁業者の悩みの種で、日本最大の琵琶湖では、鮎を中心に年間推計二千四百トンが食べられているそうだ。これは漁獲量千八百トンを大きく上回る。

新潟では名産の養殖錦鯉が狙われ、三年間で七万数千匹食べられたという調査記録がある。平成十八年の内水面漁業の推定被害額は全国で七十三億円に上った。

コロニーの糞害も全国に及ぶが、私が初めて現場を見たのは平成六年、東京都中央区の浜離宮庭園だった。

当時園内には七千羽を超えるカワウが棲みつき、鴨場などの木々に営巣していた。糞の悪臭と景観の悪化に加え、木が枯れる被害が相次ぎ、カワウ追い出し作戦が始まったところだった。

バケツを叩いて巡回する、巣を落とす、鳥が嫌うとされる磁石を巣のある木に取り付ける等々、三年間にわたって試行錯誤を

カワウ

繰り返した末、クレーン車を使い、水面を横切るように麻ロープを張り巡らすことで追い出しに成功したのだった。

カワウが嫌われるのは、生息数が急激に増えたことが原因だが、かつては絶滅が心配されるほど減った時期があった。日本野鳥の会の資料によると、減り始めたのは戦後のことで、餌場だった内湾が埋め立てられ、大気汚染や農薬などで、生息環境が急速に悪化した。一番減ったのは昭和四十六年。生息数は全国で三千羽を切り、生息地は大分・沖黒島、愛知・鵜の山、東京・不忍池の三カ所だけになった。復活し始めたのは昭和五十年代後半からで、環境と自然保護への意識の高まりが要因だったと考えられる。

現在の生息数は十五万羽に上るが、この数は、ようやく減少前の数字に戻った程度のようである。

コウノトリの復活

コウノトリの親子（2021年、小山市提供）

栃木県小山市にある渡良瀬遊水地の巣塔で二〇二二年に生まれたコウノトリのヒナは、「ひなた」（メス）、「セラ」（オス）と名付けられた。三月二十九日に孵化し、六月五日と七日に相次いで巣立った。

父親は「ひかる」、母親は「レイ」。どちらも千葉県野田市の飼育施設生まれだ。

ひかるは、二〇二〇年に徳島県鳴門市生まれの「歌」とペアになり、一九七一年のコウノトリ絶滅後、野外としては東日本初のヒナ二羽を産み育てた。歌は足の骨折が元で死んだが、ひかるは翌年レイを新パートナーに迎え二年連続の繁殖に成功。今年の二羽を加え計六羽の父親となった。

渡良瀬遊水地は面積三十三平方キロ、北関東四県にまたがる内陸部最大級の湿地だ。貴重な動植物が多く、特に鳥類は二百五十余種もいる。これは現在日本で見られる野鳥の約半分にあたる多さで、渡り鳥の中継地点になっていることなども評価され、二〇一二年にラムサール条約湿地として登録された。

条約は、湿地の保全・再生を目的とし、同時に「賢い利用」と、それを促進する「交流・学習」が柱となっている。コウノトリの復活は渡良瀬における取り組みの大きな目標とされた。地元自治体と民間が協力し、えさ場となる田んぼの湛水や人工巣塔の設置などを進めた。

二年後にコウノトリが初飛来、六年後に巣作りを確認、八年後、ついにヒナが誕生した。現在、遊水地付近には五～八羽が定着しており、子育て時期には巣塔近くの堤防に野鳥ファンが列を作るほどに。ヒナ誕生の年にオープンした小山市の「交流館」はコウノトリ情報発信の拠点となっている。

コウノトリは体長百十センチほど、翼開長は二百センチを超える大型の水鳥で、中国からロシアにかけての東アジアに分布する。ヨーロッパや中東にいる近縁種もコウノトリと呼ばれることが多いが、標準和名は「シュバシコウ」だ。両者は嘴の色以外は外見、生態ともよく似ていて同一種とされたこともある。

日本のコウノトリは、かつては全国に分布していて、身近な鳥だった。江戸時代に東京・青山の寺で屋根に巣を作った民話が残っている。

寺の下男が巣から盗んだ卵を煮て食べようとしているのを和尚さんが発見、卵を取り返し巣に戻した。半煮えになっていたので育つか心配したが、親はどこかから草を取ってきて抱卵を再開。卵は無事孵った。数日後屋根から実が落ちてきて芽を出した。その草はイカリ草という薬草で、煎じて飲めば人間も丈夫になる草だった。

同様の話は高知にもあって、子どもが取った卵を返させたのは女医さんだった。皆から尊敬される医者だったが、コウノトリが持ってくる草を原料として薬を作り、名医の評をさらに高めたという。

シュバシコウ

話は違うが、ある山中に住むやもめ男が嵐の晩、倒木の下敷きになったコウノトリを助け、手当をして森に返した。しばらくすると若い女が男の前に現れ、夫婦になり幸せに暮らした。ある時女は立派な織物を織り、男に高値で売らせた。女は自分が助けられたコウノトリで、織物は自分の羽で織ったのだと明かし、大空へ帰って行った。この「鶴の恩返し」に似た民話は、古い時代にはコウノトリがツルと混同されていたことを示している。

ツルとの混同は江戸時代によく描かれた瑞兆の絵「松上の鶴」にも見られる。頭の天辺が赤いので日本産のタンチョウのようだが、タンチョウは樹上に巣を作らないので、コウノトリの誤認と思われる。昔の人の無知というより、コウノトリもツルも、いつも人間の側にいるめでたい鳥だったということだろう。

私がコウノトリを詳しく調べたのは一九八七年のことだった。勤めていた新聞社の日曜版で世界の動物を紹介する企画があり、取材チームに参加。割り振られた四つのテーマの一つがコウノトリだった。絶滅した日本のコウノトリの復活への取り組みと、ヨーロッパの「赤ちゃんを連れてくる」伝説の二本立てで取材に取り掛かったのだが、途中で刺激的なニュースが飛び込んできた。日本より一足早く、ドイツの動物園でアジア産コウノトリの人工繁殖に成功したというのだ。二カ月余りでヨーロッパと北アフリカを回り四つのテーマを取材する強行日程に、急遽ドイツを加えることになった。

「ワルスローデ鳥類動物園」は、ハンブルクに近いドイツ北西部にあった。ソ連から送られた十一羽のコウノトリで人工繁殖を試みていた。繁殖のネックになったのはコウノトリが神経質で攻撃的なことで、ペアを作らせるのに苦労していた。

そんな時、研究援助に来ていた日本人研究者・アーチボルド京子さんが「恋愛を通り越して育児本能があるのではないか」とアイデアを出した。石膏で作った偽卵を飼育小屋に入れるというもので、それまで攻撃的だったコウノトリが急におとなしくなり、一羽が卵を抱いた。それを見てもう一方が歩み寄り、ペアリングに成功。この年は産卵しなかったが、二年後に四個の卵を産み繁殖に至った。

担当職員のパッツバールさんは「意外ですが卵を抱きたがったのはオスでした。ペアリングのきっかけは、母性愛ではなく父性愛だったのです」と笑顔で話してくれた。

赤ちゃん伝説は、隣国のポーランドで取材することが出来た。

「その年初めて見るコウノトリが飛んでいたら最高。良いことが起きる」

「立っていたら芳しくない。その年一年、気だるく過ごす」

「巣立ちのヒナが屋根に止まれば、翌年家には赤ん坊」

ポーランドの人は春になるとコウノトリに願をかける、という。教えてくれたのは首都ワルシャワ郊外の農婦ヤニナさんだ。たまたま通りかかった家の前に立派な巣塔が立っているのを見つけ、話を聞いたのだった。

ヤニナさんは二十歳過ぎで結婚、四人の娘を産んだ。娘たち全員が片付き、四人の孫がいる。「娘も孫もコウノトリのお陰」という。そのコウノトリの巣があった松の大木が八年前の秋に大風で倒壊した。コウノトリを案じたヤニナさんが呼びかけ、同じ場所に同じ高さで巣塔を建てた。春が来て越冬地のアフリカから帰ってきたコウノトリは迷わず巣を作り、それ以来巣塔はヤニナさんの宝物になった。

取材したのは初冬で肝心のコウノトリに会えなかった私は、翌年七月に現地を再訪した。宝物の巣には二羽のヒナがいて大人ほどに成長していた。しかし、ヤニナさんの家は人影がない。近所の人に聞くと「少し前にアパートの抽選に当たって引っ越したのよ」

と、うらやまし気に言う。身重だったヤニナさんの末娘が無事女の子を産んだそうで、まずまず幸せな生活のようだった。

日本の人工繁殖は、ドイツでの成功の後急展開する。翌一九八八年、中国から譲り受けて取り組んでいた多摩動物公園で成功し、その翌年には兵庫県豊岡市のコウノトリ飼育場でも極東ハバロフスクから来たペアが繁殖に成功した。

豊岡は野生のコウノトリが最後まで残っていた場所で、繁殖・野生復帰の中心地にもなった。繁殖に成功する前、豊岡の飼育場に責任者の松島興治郎さんを訪ねたことがある。

松島さんは、一九六五年にコウノトリの飼育が始まったとき、なり手のない飼育員を引き受けた人だ。就任にあたって「いつか必ず空に返す」と心に誓っていた。

引き受けはしたけれど、飼育員は一人だけ。毎日飼育小屋に泊まり込み、前例のない人工繁殖に試行錯誤する日々が続いた。繁殖のため保護したコウノトリは、卵は産むもののヒナは孵らず、親鳥は次々と死ぬ。調べたところ農薬や合成洗剤が大きな原因で、ついに一羽もいなくなった。助け舟を出してくれたのはソ連で、六羽のヒナが届く。松島さんは「今度こそ」と気持ちを入れ替え、世話を続けているところだった。

ドイツでの成功は、松島さんにも届いていた。

「こちらでの成功の自信は」という質問に「自信がなくてはやれません」と答えながら、「問題はその後です。繁殖に成功してもヒナたちを放せる環境があるのかどうか」と息をついた。人工繁殖は途中経過。その先の環境整備に思いを巡らせているのだった。

人工繁殖の成功後、野生への再導入は比較的順調に進んだようだ。兵庫県は九二年に野生復帰計画を開始、人工繁殖に取り組む施設も増え、飼育数は右肩上がりに増加する。二〇〇五年には世界初の放鳥が行われ、日本の空にコウノトリが戻った。放鳥はその後も続き、自然繁殖したものを含め、野生生息数は三百十一羽（二二年八月現在）に達している。

あとがき

俳誌「秋麗」で、平成二十九年十月号から令和二年八月号まで約三年間連載したエッセイに修正を加え、一冊にまとめました。

俳句を始めたのは平成十六年のことでした。勤めていた新聞社の編集局整理部で特集版のデスクをしていました。担当するのは文化面や家庭面、科学面など。その中に歌壇・俳壇が含まれており、俳壇担当者で後に「ホトトギス」同人になった内藤呈念さんの指導のもと数人で句会を開いたのが始まりです。

「秋麗」との縁は、社内句会で知り合った田沢健次郎さんに誘われ、横浜吟行にゲスト参加したことでした。懇親会がメインだった社内句会に比べ、「秋麗」の吟行は真剣でとても熱かった。藤田直子先生の細やかな指導に感銘をうけ、続いて先生指導の「秋麗」句会と峰の会に参加、二カ月後には雑詠欄の末席に投句が載り、知らぬ間に会員になっていました。

結社というのが初めてだった私は、俳句の精神から季語の大切さ、さらには助詞の使い方まで一から教わりました。俳句の腕前はさておき、写真が好きな私に、「秋麗」の写真担当を命じられ、インタビュー写真や行事の写真などを撮りました。そのついでに「何かエッセイでも書いてみない」と勧められました。人様に読んでいただける自信はなかったのですが、自分の作句のヒントにでもなればと思い、季語や俳句に関連する話題を書かせてもらうことにしました。

思いついたテーマを気ままにという意味合いで、タイトルを「つれづれ風物詩」としました。二年分のテーマを決めてスタート、二十四回で終わる予定でしたが、藤田先生の勧めで、趣味でもあった「野鳥編」を書き継ぎました。

体験したことを書くだけでしたが、自分の記憶と手持ちの資料だけでは足りず、取材で補いました。久しぶりに会う親類縁者や恩師、友人知人の話を聞くうちに余談が膨らみ、エッセイは自分史・交友録のようになってしまいました。ご協力をいただいた皆様に感謝いたします。また著作、記事、写真などを引用させていただいた方々に深く御礼申し上げます。

連載にあたって締め切りに追われ、ご迷惑をおかけした藤田先生、「秋麗」編集部の皆さん、制作会社の高橋幸宏さん、そしてこのエッセイ集の出版を引き受けて下さったふらんす堂の皆様に厚く御礼申し上げます。

最後に、私の仕事と家庭を支え、このエッセイについても幾多の助言をくれた妻崇子に感謝を捧げます。

令和五年二月

井上青軸

著者略歴

井上青軸（いのうえ・せいじく）本名・精二

1954年　愛媛県西宇和郡双岩村（現八幡浜市）に生まれる
　67年　布喜川小学校卒業
　70年　双岩中学校卒業
　73年　八幡浜高等学校卒業
　79年　北海道大学文学部（ロシア文学）卒業
　〃　　朝日新聞社入社
　82年　新聞協会賞受賞（談合キャンペーン＝共同受賞）
2014年　朝日新聞社を定年退職

俳　歴
2004年　ホトトギス同人内藤呈念氏の指導で作句開始
　15年　「秋麗」入会。藤田直子主宰に師事

現　在　「秋麗」同人。俳人協会会員

現住所　〒244-0802
　　　　神奈川県横浜市戸塚区平戸5-8-13

つれづれ風物詩　つれづれふうぶつし

二〇二三年五月一日　初版発行

著　者――井上青軸

発行人――山岡喜美子

発行所――ふらんす堂

〒182-0002 東京都調布市仙川町一―一五―三八―二F

電　話――〇三（三三二六）九〇六一　FAX〇三（三三二六）六九一九

ホームページ http://furansudo.com/　E-mail info@furansudo.com

振　替――〇〇一七〇―一―一八四一七三

装　幀――君嶋真理子

印刷所――日本ハイコム㈱

製本所――㈱松　岳　社

定　価――本体二七〇〇円＋税

ISBN978-4-7814-1551-2 C0095 ¥2700E

乱丁・落丁本はお取替えいたします。